KB198850

촛불 정영훈 시사시집

다시 촛불혁명, 빛혁명을 위하여

다시 촛불혁명, 빛혁명을 위하여

펴낸날 2025년 2월 20일

지은이 정영훈
펴낸이 주계수 | **편집책임** 이슬기 | **꾸민이** 이해린

펴낸곳 밥북 | **출판등록** 제 2014- 000085 호
주소 서울특별시 마포구 양화로 156 LG팰리스빌딩 917호
전화 02- 6925- 0370 | **팩스** 02- 6925- 0380
홈페이지 www.bobbook.co.kr | **이메일** bobbook@hanmail.net

ISBN 979-11-7223-062-3 (03810)

촛불 정영훈 시사시집

다시 촛불혁명, 빛혁명을 위하여

2016~2017년, 갓 시작되었던 촛불혁명의 짓밟힘,
그리고 다시 촛불혁명, 빛의 혁명까지, 고난과 승리의 서사시적 기록

서시

글과 시

마음 밑으로부터 우러나
옹달샘물 된 글이
시라면 좋으리.

목마른 이의 마음
흠뻑 적셔주는 약수.
산새소리나
산사의 종소리 울리듯
사람들 마음 울려주는
시라면 참 좋으리.

심혈 배어난 작은 시가
시가 아니어도 좋으리.

사람들 마음에
한줄기 감동이라도 줄 수 있다면

애타 나온 글이
시가 아니라도
독사스런 독재와
악마족의 어둠을 내모는
하나의 촛불 되고
새 세상 밝히는 빛이 될 수 있다면
봄천지 맞이하듯 좋으리.

작가의 말

초등학교 1, 2학년 때 그림일기를 썼습니다. 당시 학교에 납부해야 했던 기성회비를 계속 내지 못해서 교장선생님과 담임선생님 등 10여 명의 선생님들이 우리 집으로 몰려왔습니다. 부모님은 농사일을 핑계 삼아 집에 안 계셨고, 저는 광에 숨어 있었습니다. 무료하게 부모님을 기다리던 선생님들이 마루에 떨어져 있던 제 그림일기를 우연히 보셨습니다. 놀랍게도 교장선생님이 제 일기에 감탄을 하시면서 기성회비를 받을 생각을 접고 돌아가셨습니다. 다음 날, 평소, 꾀죄죄한 생활을 쓴 제 일기에 관심이 없으셨던 담임선생님은 그림이 빠진 제 그림일기에 그림을 그려 주셨습니다. 그리고 저는 전교생 앞에서 일기 잘 쓴 아이로 상을 받았습니다.

저의 글쓰기는 그렇게 시작되었습니다. 추상적이고 관념적 시를 잘 쓰지 못하고, 시라면 연애시, 사랑시, 자연시, 생활시를 많이 썼습니다. 빛나지는 못했지만, 남녀 친구들 많이 사귀고 짝사랑하고 결혼하는 데는 좀 도움된 것 같습니다.

시의 중심을 이루는 서정시抒情詩, lyric는 시인 자신의 주관적인 정서나 감정, 체험, 감동, 영감을 노래 식으로 표현하는 글입니다. 저는 서정시가 주관적인 것이기는 하지만, 다른 사람들이 쉬 공감하고 감동하고 호응할 수 있는 좋은 생각과 표현이라야 한다는 점을 중시하고, 아이들에게도 그렇게 가르쳤습니다.

그런데, 오늘날 많은 서정시들이 너무 주관적이고 추상적이며 난해합니다. 저는 그런 서정시를 잘 쓰지 못합니다. 그러한 서정시에 우리 시대의 문제, 정치 사회의 쟁점, 역사적 비전 등을 감동적으로 나타낼 능력이 부족합니다. 저는 그 그릇에 시대적이고 역사적인 내용을 담기 어렵다고 봅니다. 저는 제 시사시를, 시로 쓰는 칼럼이라고도 합니다.

저는 고3 때, 목포에서 5·18민주화운동에 미약하나마 적극 참여한 이래, 참여시의 한 형태라 할 수 있는 시사시를 주로 씁니다. 정치 사회의 문제를 다루기는 하지만, 그에 대한 저의 주관적인 정서나 감정, 체험, 영감을 운율적으로 표현하고자 합니다. 우리 시대의 시민들이 어렵지 않게 공감하고 감동하고 호응하여 뜻을 같이할 수 있게 하고자 심혈을 기울여 씁니다. 현대적 서정시를 잘 쓰시는 분들이 볼 때는 시답지 않다고 볼 수도 있겠습니다만 어쩔 수 없습니다.

한겨레신문의 온라인 자매지의 하나인 한겨레온에서 감사하게도 제게 객원편집위원 자격을 주고 〈정영훈의 시사시〉 코너까지 마련해 주어서, 거기에 주로 제 시사시를 올립니다. 그냥 올려두기만 하는 것이 아니라, 홍보도 합니다. '등불을 바닥에 두지 않고 등경 위에 두듯이', 사람들과 뜻을 같이하기 위해 애써 쓴 것을 널리 볼 수 있도록 하고자 합니다. 수구 보수 극우 진영 사람들이 초대한 톡방이 많은데, 저는 그런 방에도 독립운동하는 마음으로 제 글을 당당히 올립니다. 반발이 심할 때가 있지만 무관심하거나 아무것도 하지 않는 것보다 낫습니다. 그래서 그런지 제 시사시는 보통 천 명에서 오천 명까지도 조회를 합니다. 오마이뉴스에 실린 「세월호 천개의 바람」 등은 9천여 명에 이르기도 했습니다. 유튜브 〈서울의소리〉에서 조형식 시인과 함께 〈시사한방〉 방송을 진행할 때 우리의 시사시를 소개하여 호응을 많이 받았습니다.

오늘날 시와 글이 넘쳐나서 쉽고 짧은 것도 많이 보지 못하는 상황이라, 어렵지는 않지만 짧지 않은 제 시사시를 보고 공감하며 마음을 함께 해 주는 분들이 있어 보람을 느끼고 힘을 얻습니다. 제 시와 활동이 사람들의 마음과 정치 사회를 좋게 하는 데 조금이라도 도움이 되면 좋겠습니다.

2025년 1월 정영훈

차 례

1부

링링보다 검찰 광풍

2부

악마는 따로 없다

3부 역사적 심판과 역사적 승리는 필연

1부

- 링링보다 검찰 광풍 -

2020 봄 1

2020 봄은 잔인한 봄.

하많은 봄들이
춘래불사춘이었으되
올봄은 코로나19.
21세기 봄보다
19세기 페스트의 망령 서성이네.

우한에선가
미군에선가
아무도 몰래
독버섯이나 세균처럼
어쩌면 미신, 귀신 천지,
멸망처럼 천하에
바이러스 관영하네.

구원은 어디로부터 오는가!
2020의 봄은 어떻게 오는가!
편견과 적대의 향 사라진 모란으로부터
수장과 농단, 토왜의 패악 봉쇄한
무궁화 꽃으로부터 봄은 오네.

드높은 콘크리트 벽 드리우며 피어난 개나리.
바위 위 작은 골 모여든 흙가루 틈새로 돋아난 새싹으로부터
희망이 오네.

꽃마다 마스크를 하고
사회적 거리 두더라도
온화한 마음은 하나
수천 수만 치료하는 사랑으로
봄은 오네, 생명의 봄 부활의 봄.

2020.3.22.

한가위 보름달 수훈

한가위 보름달은
하늘의 문.

천하를 둘러싼 하늘이
은빛 빛나는 둥근 문으로
이 땅에 내린다.

하늘은 이상향의 상징.
하늘 같은 사랑과 정의, 평등, 평화…
그러한 세상,
하늘 같은 사람들의 나라.

그 하늘의 마음,
하늘의 기운 받아
잘 간직한 사람은 곧 하늘, 인내천人乃天.

모든 사람이 곧 하늘이 아니고
그 마음에, 영혼에 하늘이 전혀 없는 사람은
하늘이기는커녕 사람도 아니리.

하늘의 뜻 이루어진 땅이 곧 하늘나라.
하늘 같은 사람 많은 세상은
사랑과 정의, 민주, 정의, 평등, 평화의 세상.

하늘에 반하는 이기적 욕심에 뿌리 둔
친일과 토왜, 반란과 독재, 불의, 파렴치, 적반하장…
하늘 문 대보름으로 열린 날
모든 삿된 수구적폐
하늘 문 넘어 지옥으로 보내고

눈부신 달빛 타고 내리는 하늘의 빛으로
참 사랑과 정의의 세상 세워야 하리.

2019.9.13.

링링보다 검찰 광풍

– 발등 찍는 검도끼 청산을 위하여

태풍은 링링만 오는 게 아니네.
지붕이며 담벼락, 나무를 넘어뜨리고
멀쩡한 사람 날리거나
심지어 죽게까지 하는
돌풍은 링링만 아니네.

검객이 휘두르는,
한때는 정의의 사도
칼잡이 별명을 가진 이 앞장선 칼바람
링링보다 무서워라.

애당초 그 뿌리 세력은 청문회를
조국 아닌 가족청문회인 양
왜곡 과장 침소봉대
마녀사냥 여론몰이 광풍으로
날리려 했지만
의연히 서 있으니

청문회 진행할 시기,
청문회 무산시키려던 시기
검객은 수사권, 수사 지휘권 앞세웠네.

여론이 나아질 때쯤엔
질풍처럼 빠른 압수수색.

BBK, 세월호, 가습기, 장자연…
자신들에 대한 범죄 관련 수사는
언제나 찻잔 속의 태풍인데
조국 쪽에 대해선
청문회 대신 수사로
대통령의 인사권도 대신하려는 듯
링링보다 빠른 폭풍이었네.

취재로 알 수 없는
성적에는 생활기록부
표창장에는 디지털 포렌식
개인정보보호법이나 수사기밀공포죄 따위
스스로 밝혀
처벌될 리 있겠는가!

부정하고 불의한 검찰권력 행사
공수처로 단속할 것 같으니
그 힘과 소신 가진 후보자
검사 출신 아니라
지붕 패널이라도 날려 죽이려는 것인가!

천신만고 끝 청문회 무사히 마치려니
오밤중 부인 정 교수 기소 날벼락 때리네.

이재명 지사는
선출로 선 자리 잃을
3백 벌금 폭탄 맞았네.

제 눈에 들보는 보지 못하고
티끌로 사람 잡는 검객이여
한통속 판관이여!

링링도 잦아들건만
국민의 이름으로
국민에 군림하는 검풍은
언제나 그 무소불위 칼바람 멈출 것인가?

조국으로 조국을 지키자!
믿었던 사람들 발등 찍는
검도끼를 처벌하라!
수십만, 수백만 촛불만이
그 광풍 잠재울 수 있으리.

2019. 9. 8.

위헌과 위법, 윤석열검찰 수사 중단, 처벌!

– 개검개판, 검찰개혁 사법개혁의 촛불혁명을!

1. 서언

이건 쿠데타다.

믿어 마지않았던

윤석열검찰에 의한 반란이다.

믿는 도끼에 발등 찍히듯

합헌과 합법을 가장한

위헌이고 위법이다.

2. 위헌과 위법

검찰주의자가 아니라

헌법주의자라고 했던가?

'민주공화국 대한민국'을

검찰공화국으로 만드는 게

헌법주의인가?

대한민국의 주권은

검찰이 아니라 국민에게 있고,

모든 권력은 검찰과

그 주구언론이 아니라

국민으로부터 나와야 한다.

국민 전체에 대한 봉사자 검찰이
국민 위에 군림하여
촛불국민의 대표자
대통령의 인사권에 저항하고
국민들의 여론조차
좌지우지하려는 게
위헌이 아니고 무엇이랴!

공무원으로서
정치적 편향성 대신 중립성을 지켜야 하는데
자한당 등 보수, 수구 편향 수사를 진행하는 게
위헌이 아니고 무엇이랴!

조국은 물론, 그 가족도 국민인데,
법무부장관, 그 가족이라는 이유로
온갖 것을 범죄시하고,
인간적 존엄 가치, 행복추구권을 짓밟지 않았던가?
불가침의 기본적 인권을 침범하고, 훼손의 역할을 무수히
저지르지 않았던가?

모든 국민은 법 앞에 평등한데,
법무부장관, 가족이라 하여
역차별적으로
모든 면에서 수사를 받아야 하는가?

조국과 그 가족들에 대한 수사에 있어,
이 법 앞의 평등 원칙을 전면 부정하면서
헌법주의를 말할 수 있는가?

누구에게나 법률과 적법한 절차가 적용되어야 하는데
특정인에게만 법률과 적법한 절차가 집중되어
강제수사나 압수수색 등이 이루어진다면,
그것은 편파 수사, 표적수사, 별건 수사이지
헌법적 수사가 아니다.

"모든 국민은 행위 시의 법률에 의하여
범죄를 구성하지 아니하는 행위로 소추되지 아니한다."
자녀가 대학을 갈 당시 제도 이용도 범죄시하고
당시 관행 또는 편의적으로 이용된
표창장, 인턴증명이 이제 와서
사문서위조 혐의가 되어야 하는가?

서울대 영문학 학사, 석사
에버딘대 박사 출신 정 교수가
사노맹 관련 남편 때문에
불이익받아 다른 대학 못 가고
동양대에서 열심히 근무한 미담은 사라지고
자본시장법, 공직자윤리법 위반 혐의받아야 하는가?

"모든 국민은
자기의 행위가 아닌 친족의 행위로 인하여
불이익한 처우를 받지 아니한다."
아내나 자녀에 대한
먼지털이식 수사에 의한 먼지 때문에
촛불정부의 숙원 사법개혁,
검찰개혁의 기수
조국 장관이 물러날 수 없다.

국민의 알권리로 조국의 명예나 권리를 침해할 수 있다고?
알권리는 인간다운 삶을 위해 정당한 것을 알 권리인 것이지,
타인의 명예나 권리를 침해하거나
인간의 존엄과 가치,
인간다운 생활을 할 권리에 지장을 주는 거짓 정보나
왜곡 과장 보도, 편파, 표적수사 등에 의한
부당한 것을 알 권리는 아니다.

지금 조국과 가족을 유죄시하는 자들은
위헌죄로 다스려야 한다.
이재명 지사의 경우를 보라!
그때는 이재명 죽이기 난리 치고
검찰에 의해 자택 수색당하고
세 가지 혐의 기소되었을 때
모두 유죄 받고 구속되리라 여긴 이들 많았지만
재판에서 거의 무죄 판결 나오지 않았던가?

비록 항소심에서
부당하게 3백만원 판결받았지만
지금 이 지사를 유죄시하는 무리
거의 없지 않은가?

검찰청은 행정부의 하나이며,
검찰권은 법무부장관의 지휘감독 하에서 행사되어야 하건만
행정권을 넘어,
정치적 편향성을 나타내고,
대통령의 인사권까지 침해하면서
감히 헌법을 말할 수 있는가?
조국 후보자의 법무부 장관 임명을 저지하고자
표적수사, 싹쓸이식, 먼지털이식 수사는 불법적이다.

3. 검찰과 윤석열총장
검찰개혁 제대로 할 장관 지명했을 때부터
검찰은
항명을 시작하였다.
아니 그 장관 내정 예견되었을 때부터
내사는 은밀히 진행되었다.

범죄혐의 하나 없던 사람
고소 고발.
한편으론 도덕으로 죽이고
국정농단 박근혜 수사보다,
특검보다 더한 수십 명 수사진.
청문회도 전부터
온갖 곳 압수수색.
시시때때로
언론과 자한당 등에
수사정보 흘려
여론 재판, 마녀사냥…

MB BBK 덮어 준 윤석열 등 검찰.
수백 명 수장 세월호 의혹 수사
지지부진 몇 년을 끈 검찰.
박근혜 친위쿠데타 음모
적당히 넘어간 검찰.
너무나 분명한 내란죄
이명박근혜 선거부정 댓글 수사에
앞장선 공으로,
박영수특검에 돌아온 칼잡이로
신망을 얻어
윤석열은 민주검찰,
정의로운 검찰,
촛불검찰로 여겨졌다.

그 검찰총장 환호하고
기대하고
공정 수사 검찰의 꿈
환호하였다.
그의 과거의 잘못
비리, 부도덕
다 덮어 주었다.

그러나 이제 아니다.
윤석열 검찰은
민주주의, 정의의 사도가 아니다.
믿는 도끼로 발등을 찍는
검찰주의자!
검찰권력 유지를 위해
위헌 위법의 칼날 휘두르는 세력!

4. 위헌과 위법 수사 중단, 처벌, 사법개혁의 촛불혁명을!
수사권, 수사 지휘권,
기소권, 기소 독점권 등 검찰권이 무소불위라.
직권남용, 편파 수사, 불공정, 부정, 무책임 폐해 심각하여라.
그 독점적 독재적 권력을 해체하자.

절대다수 국민들도
검찰개혁 찬성하지만,
현존 권력 검찰이
표적수사를 해서라도 혐의를 찾아내면
그 수사를 지지해주기 쉽다.

검찰은 지금까지 그렇게
무소불위의 권력을 유지해 왔다.
이제 우리 국민들은
검찰의 필요나 표적수사,
검찰 중심, 검찰개혁 저지 목적에 따른
불공정, 편파수사를 중단시켜야 한다.

조국 장관 관련 가족 수사에서 이루어진
입시 특혜, 비리 관련, 사립학교, 재테크 관련 등 수사는
비슷한 의혹이 있는 모든 국회의원, 검사들을 포함한
고위 공직자들 모두에 적용되도록 해야 한다.

촛불시민, 촛불정부, 집권당, 민주야당,
범 민주진영 총 단결로
위헌과 위법, 윤석열검찰 수사 중단, 처벌!
개검개판, 검찰개혁 사법개혁의 촛불혁명을!

2019.9.24.

2020 봄 2

1
아름다움은
마스크로 가리어지지 않는다.
이마는 목련처럼 해맑고
눈동자는 봄천지로 가는 문.

고운 봄빛 감싼 매무새며
빚은 듯한 다리,
싱싱한 나무줄기여!

봄꽃은
신종코로나의
지구적 전파를 뚫고
눈부시다.

개나리꽃 무리
세상 곱게 물들이고
화들짝 피어난 벚꽃, 매화
이 아픈 봄 그늘 밝힌다.

2

감염도 봄을 막을 순 없다.

터질 듯 솟아오르는 봄

가로막을 수 없다.

파당적 코로나 같은

외곬 성토와 규탄과

턱없는 문통 탄핵설 서릿발 이겨내며

촛불이

따뜻한 봄 향할 때

어색한 분홍색, 유사 문양

박통 시계로 통하는

'새누리', '신천지', 31번, TK는

다시금 코로나 폭탄

촛불의 봄 막을 뻔했다.

3말 4초

공포의 검언유착으로

봄의 절정 총선

뒤흔들릴 뻔도 했다.

비리가 있었더라면,

누구네 요요네처럼

1억 또는 2억이라도

받은 게 있었더라면

3

촛불의 봄은 불사신.

구조 하지 않았던 304명만이 아닌

모두를 위한

따사로운 열망과 헌신,

진단과 드라이브 • 워크 스루,

계절을 잊은 치료와 지원…

그 틈새로 봄이 왔네.

봄꽃 활짝 가득 피네.

아직도 악에 속한

무지와 지진遲進, 탐진치

적반하장, 파렴치, 토왜의

무덤 무리 넘어

천심 담은 민심과

세계적 성원으로부터

승리의 촛불꽃 만발하네.

참 아름다운 사람들

아름다운 봄천지

찬란하네.

2020.4.3.

회생은 대동세상의 희망
– 이재명 지사 무죄파기환송 판결 소회

너무 당연한 결과.
사실상 무죄 판결이
생사의 기로에서 살아난 일인 양
이렇게 기쁘고 다행스러울 수가…

고소까지 갈 것도 없었던,
3백만원 당선무효형 나올 수가 없는.
대법원까지, 대법원 판사들 판결문까지
수고할 필요도 없었던.
상식만으로도 마땅히 무죄였건만

마음 졸였다.
당선무효형 나오면
어떻게 싸워 이겨야 하나
비통하게 가신 박 시장님에 이어
얼마나 참담할 것인가!

정권을 잃은 후
다수 의석조차 넘긴 후
권토중래, 와신상담
거대 자본과 검언의 칼
언제부터 보편타당 페미 아닌 반휴머니즘적 페미,
미투조차 연대한 수구세력의 음모는
얼마나 무서운 괴물인가!

그래도 촛불정부의 대법원
이명박근혜 양승태 대법원 아닌
김명수 대법원 체제
불을 보듯 한 판결문.
정정당당한 판결!
범 민주진영의 힘
위대한 촛불시민의
대동단결 대동세상의 희망이리!

2020.7.16.

비인간의 종식과 휴머니즘의 꿈

– 고 박원순 시장 부활을 위하여!

1

당신 살아생전
땡전 한 푼 터럭 한자리
얻은 바 없네.

홀연히 떠나셨으니
기약조차 없네.

세월호광장 지원
촛불혁명의 토대 되고
『촛불혁명 시민의함성』 축사, 추천사 생생하네.
평생의 빛과 소금,
인간애에서 나온 희생과 봉사
부활로 다가오네.

모든 약자, 서민 위한 마음으로
잔혹한 악마, 성고문 권력과 싸우고
부당한 위력의 성폭력 미투
지원, 성원 아끼지 않았네.

2

그러나 그대 또한 남성 인간
초탈하진 않았나 보네.
부처님 나무토막 아니었네.
석가는 굶주릴 때
우유죽 주는 소녀 감사했고
예수도
십자가에 달리기 전
향유 부어주는 마리아
다정히 기리게 하듯

간디든 괴테든 한용운 선생이든
남성성, 친근한 인간성 거세되진 않았네.

마음속에 품은 것만으로도 간음한 것이니
죄 없는 자부터 돌을 던지라던 예수는
인간의 본성을 단죄하지 않은 것.

페미니즘의 사상적 원조
시몬느 보부아르는 자유연애주의.
전철에서 은근히 다가오는 남성에도
인간적 이해를 보였네*.

---

* 『제2의 성』(시몬느 드 보부아르)

3

박원순!

폭력 위력 권력에 의한 성폭력,

남다른 성인지 감수성으로 타파하고자 했으되

스스로의 죄 없는 남성성

친근하고 다정한 인간성

제거하진 않으신 분.

수많은 주변 사람들 지지자들에 소탈하고

속 편히 속옷도 보이신 분.

좀 더 가까운 비서에게는 좀 더 긴밀하셨을 수도?

실체를 알 수 없는 그것이,

그 정도가 미투,

이데올로기화된 페미니즘 시대

젊은 여성에게 거부감, 불쾌감, 성희롱, 성추행으로

여겨질지 모르고….

4

래디컬 페미니즘은

우리 시대의 절대권력, 절대적 심판자인가.

혐의만으로, 고소만으로

높을수록 추락하는 날개여!

초법적 심판으로
평생의 치열한 삶과 시
노벨상 후보도 '괴물'로 무너지고

법치와 사법부보다 무서운 일부 여성, 일부 여성단체,
재판 흔들었네.
마녀사냥 능가하는 기레기 언론
여론의 마남魔男 처형, 인격매도, 불명예 죽임.

5
살아생전 죽일 놈 삼던 정적들,
적대적 수구세력 수십만은
서명뿐 아니라 아들에까지 칼끝 겨누며
길길이 날뛸 게 뻔하고

원순씨 박 시장은
그 수모, 그 고통 당하느니
차라리 목숨 끊어
지상의 종국 맞이했네.

시민 사회 나라와 민족에 남다른 위인은
그렇게 홀연히 떠났건만

그는 죽어도 고이 죽지 못하네.
죽어도 성추행 혐의자
서울시장장례조차 시비를 당하고
얼마나 오랫동안 친근하게 불쾌하게
'성추행'했나 지축 울리네.

6
'피해자'는
용기 있는 미투자인가, 얼굴 없는 고소인인가.
미지의 '피해자' 엄마는
고소장 초안
모 교회 목사에게 주어 유출시키고
노란 머리 변호사는
경찰 고소 전 검사 면담 요청했었다네.

일본군 위안부 강제 화해위 앞장서고
성폭력 피살된 딸 모친께 갑질한 이,
삼성 회장 성매매 제보자 제보한 모 방송사 부장 부인.
장자연 사건, 김학의 사건 등
진짜 막강한 위력에 의한
성폭력 피해 해결에
적극 나선 적이 있었던가?

7
시민 서민 여성 사회 위해
32억 재산,
백억, 천억 가치 재능 기부한 인자人子, 위인의 죽음은
애통도 없고
'성추행' 혐의성 추행 피해,
무소불위 '2차 피해론'

태산명동에 서일필이라도
장례식도 끝나기 전, 묻히기 전, 잊히기 전
기자회견, 언론플레이로
부관참시, 사자 명예훼손하는 것이
정상인가, 정당한가,

그것이 공정하고 정의로운 페미니즘인가,
꼰대세대, 신세대 구별하는 가치기준,
철학이고 신학인가?

인간세계에 인간적이지 못한 것,
비인간, 반휴머니즘적인 것만큼
부당한 것이 있을까?
전가의 보도처럼 삶조차,
인간과 사회 위한 업적조차,
죽음조차 심판하고 난도질하는
편향적 이데올로기만 한 괴물이 또 있을까!

8
폭력과 강도에도 정당방위, 과잉방위 있듯이
성희롱, 성추행 주장에도
명백하지 않다면
피의사실 비공개, 무죄추정의 원칙 지켜
종합적 합리적, 공정과 정의로
엄격한 사실로 처벌, 판결, 판단하되
인격과 명예, 사회적, 문화적 업적까지
말살하지 않기를!

어디까지나 인간이기를!
무슨 사상이든 운동이든 인간적이기를!
실존주의가 휴머니즘이듯
페미니즘이든, 포스트모던, 무슨 운동이든
사랑과 자유, 진실과 정의의 휴머니즘이기를!

2020.7.23.

위헌, 불법 윤석열총장 사퇴, 추미애장관 검찰개혁 완수를 촉구함

윤석열은 정의가 아니었네.
박근혜 댓글 수사,
그것은 정의감에 따른 것이 아니었네.
검찰권력의 행사.
당시 검찰의 최고 권력, 채 총장의 지휘에 따른 것이었을 뿐.
박근혜 정권 불법불의 심판보다 검찰권력 행사를 중시했을 뿐.

그때 윤석열의 좌천은
의로운 행위 때문 아니었다네.
배경은 되었겠지만
그의 역주행, 지방행은 비위 때문.
오비이락일 뿐 착각을 일으켰을 뿐.

윤석열은 민주와 정의가 아니었네.
거침없는 국정농단 특검수사,
그 역시 검찰권력의 행사.
사람에게 충성하지 않는 대신 검찰권력에 대한 충성.

착각이었네 속임수였네.
부정한, 살아있는 권력 잡으리라는 기대.
조국도 대통령도 속았네.
그가 속였네.
살아있는 진짜 권력 검찰권력 휘둘러
촛불혁명 소걸음 행진, 검찰개혁 가로막았네.
윤석열은 위헌이며 반민주였네.
말로는 헌법, 국민 외치며
민주공화국 검찰 아닌 검찰공화국 검찰.
촛불시민에 의한 정부 인사권 뒤흔들었네.

대한민국의 권력이
국민이 아닌 검찰과
그 편향언론에서 나오게끔 하고
공무원으로서 정치적 편향성,
수구 보수당 편향 수사 진행,
위헌이 아니고 무엇이랴!

법 앞의 평등
법에 따른 공정 수사는커녕
편파 수사, 표적수사, 별건수사,
심지어 공작수사 시도와 은폐

검찰권한 축소 반대,
무소불위 검찰권력 해체 저지 위해서라면
범죄 집단, 조폭과 다름없는 윤석열검찰.

제대로 된 공수처 출범과
뿌리로부터의 촛불개혁 진행에 따라
복마전 같은 이권,
기득권 흔들릴까

다수 판사, 변호사, 기레기 언론, 재벌, 수구적폐 집단
이심전심, 끈끈히 유착했건만
그것으로 불안하여
공명정대한 증거 대신
판사 성향 분석, 사찰자료로
위헌 불법 수사 정당화,
무죄의 유죄 판결 유도
사법부 독립 유린 시도까지 했다니…

그러고도 윤 총장은 큰소리.
대통령이 "살아있는 권력 수사하라" 했다며
대통령보다 더 센 자신
'살아있는 검찰권력' 성역화, 치외법권 지역화 했네.

조국 가족에 비하면 하늘과 땅 차이,
천사와 악마로 대비될만한
윤석열 처와 장모의 죄,
나경원, 장제원 등 아들딸 특혜 수사중단, 면죄부 이력

그러고도 검찰은, 총장은
“법부무장관의 부하가 아니다, 정치가 검찰을 뒤덮는다” 하네.
검찰은 ‘국민의 검찰’이라며
전국의 검찰청 돌며
검란, 검찰 쿠데타를 도모했네.

적반하장, 양두구육,
파렴치한 위헌, 불법 범법혐의자
윤석열은 사퇴하라! 국민들 앞에 석고대죄,
준엄한 법의 심판,
촛불혁명 시민 1,700만 오라를 받으라!

이제는 검찰개혁의 막바지! 조국에 이어
검찰개혁 완수하라 임명된 추미애 장관은
대통령과 촛불시민의 대행 사자.
천하무적 윤석열 총장 당당히 치리해 왔네.

날生로 '살아있는 권력'
일부 검찰과 언론,
수십 년 묵은 기득권,
수구세력의 저항 효과적으로 설득, 제압하며
민주와 정의, 평등과 평화의 촛불정신,
참된 검찰, 사법개혁 완성해 가야 하네.

2020.11.30.

이 시대의 국정농단 물리치자!
– 수구적폐, 토왜 잔당, 검찰, 기레기들의 난장 이겨내기

천만, 이천만 촛불로 탄생한 촛불정부.
동학혁명군 말살 이래
수십 수백 년 이 땅을 지배해 온
일제, 부역, 토착왜구
반민주, 반민족, 빨갱이 타령
독재와 부정, 불의
국정농단 세력 기적적으로 물리치고 세운
민주, 민족, 정의, 평등, 평화 지향 체제

이 촛불정부 대통령이
검찰개혁 사법개혁 위해
능력과 소신, 조국 교수 지명하고
우여곡절 끝에 임명한 후
그는 천하의 위선자 범법혐의 뒤집어썼다.

그만 아니라
그 아내와 딸, 아들
대통령이 임명한 법무장관 잘라 내려고,
일제시대 이래 무소불위 검찰권력 고수하려고,
가족들까지 피눈물 나게 하는
무소불위 검찰의 폭주.

이것은 촛불정부 시대의 국정농단.
박근혜 때 십상시, 최순실 권력이 국정농단이었다면
지금 국정농단은 수구적폐,
반민족 토착왜구 그 잔당,
자한당 횡포.
위헌, 위법한 수사의 칼날 휘두르는
윤석열검찰.
그 나팔수 기레기 떼.

한때는 전 국정농단 칼잡이
그 공으로, 그 기대로 검찰총수 시켜 주니
이제는 검찰주의 본색
검찰개혁 좌초시키려 하네.

지금 국정 농단하려는 자들 물리치지 못하면
그야말로 촛불정부의 실패
진짜 국정농단이 될 것이니

3년 전 촛불혁명 시민들이여, 단결하라!
얼굴 바꾼 수구적폐 득세에 흔들리지 말고
범 민주진영 대동단결,
촛불혁명 완성을 향해!

2019.9.28.

송구영신 2019-2020
– 자랑찬 촛불혁명 행진의 새해를 기원하며

늘상 변화무쌍,
시련을 동반하는 사계절보다
돌개바람, 칼춤,
고공 위 폭염과 혹한이
서럽고 처절했던,
노란 돼지보다
열병 난 산돼지가 간다.

파렴치, 적반하장이라
민주, 정의, 양심, 헌법, 합법,
감히 예수, 하나님의 이름으로
고래고래 호언하던 수구, 반역, 토왜 세력이
촛불진영의 연동형, 공수처,
전방위적 개혁장성 축성과 함께
무너져 간다.

천하의 존귀한 사람들
철탑, 고공에 매단 채,
기득권 범죄자들이 가둔
억울한 수인들 둔 채,
부당한 해고, 해직, 법외노조 못 풀고
새해가 온다.

이 모든 난제 말끔히 하고자
60년 만의 경자년
새해가 떠오른다.

촛불혁명 행진의 발걸음
가슴 벅찬 2020
희망의 시대가 온다.

2019.12.31.

검언판야 신국정농단시대

지금 나라는 검언판야檢言判野
그들에 의한 신국정농단 시대.

말로만 국민의 검찰
뵈는 게 없고
검객의 칼날은
무시로 주인을 향하네.

윤석열과 제 식구 감싸기라면
염치, 수치 안 가리네.

사람 먼저 달빛 같은 대통령보다
진짜 살아있어 보이는 윤썩을 권력이
자신들 기득권 이권 수호자로 여겨지는지
기레기 개레기 나팔 불고
판레기까지 개판犬判 치네.

중심에 구김당 국민의 짐,
나라의 온갖 일 구겨 놓네.

조국이나 민주, 개혁이라면
부인이든 자녀든 사돈네 팔촌까지라도
수십 군데 압수수색
기어이 기소하고 법정구속
벌금도 5억인데

특혜 특권의 대명사 나베는 무혐의.
마녀 수준 사기 장모, 쥴리는
이제야 시늉이라.

유력 시민, 정부 여당 때리기
한통속, 한동훈은
동재와도, 쥴리와도 수백 통화,

합법 압색 거부 무혐의라면서
정진正進한 정진웅 검사는 엄벌 수순.

라임, 옵티머스
수천 서민 피해 준 세력 묻어 주고
수사 중 천만원어치 술대접은
99만원 불기소세트라네.

수구적폐 청산 중 정권 흔들고
추다르크, 개혁의 선도자 잡을 양이면
국민 생명 위협 30년 원전
폐쇄 정책 정부,
장관이고 차관이고, 지검장이라도
조져대네.

자신들이
불법으로 면죄부 주고
시한 넘겨
도주시키고자 했던 자
가까스로 출국 막아 처벌했는데

이제 와 그게 절차 위법 공익제보랍시고
압수수색, 불법 강조
보복 공세라.

지금은 검언판야
그들에 의한 신 국정농단 시대.
박통과 함께
퇴진하지 않은 이들,
본색 드러난 반민주를 탄핵하라.

공수처, 수사처로 조치하고
백만 천만 촛불시민혁명 소걸음,
천리, 만리 가없어라.

2021.1.26.

백기완 선생님 따르기

– 촛불혁명의 깃발 백기완 선생님을 새김

불쌈꾼 혁명가 백기완 선생님
노나메기 세상
너도나도 일하고
너도나도 잘살되
올바르게 잘 사는 세상.

민주, 정의, 평등, 평화, 통일운동의 횃불로 타올랐네.
촛불혁명의 깃발로 나부꼈네.

목숨을 걸고
사랑도 명예도 이름도 남김 없어도
사람이 아닌 악마들의 고문
40여 킬로 빠지는 고문에
그 누가 살아남을 수 있으리오.
그 알통, 그 깡 혼 아니고서야.

38킬로그램으로 살아남은 백기완,
온몸으로 한살매 한마음으로 세상을 깨우쳤네.
사람 사는 세상, 아리아리세상 뒤집어
바로 세우기혁명를 부르짖었네.

광화문 광장에 우뚝 서
“썩은 늪을 발칵 뒤집어엎는 한바탕,*
짓이겨진 역사를 올바르게 잇는,
사람이 돈의 머슴이 되어버린
이 잘못된 문명을
왕창 뒤엎어버리는 한바탕
촛불이여 남김없이 거침없이 타오르시라
돌개바람인들 그대로 꺾어버리는
한바탕이여 몰아쳐라

모이자 모여서
그 빛나는 촛불로
칠십 년 거짓 분단 독재,
유신 잔당의 뿌리를 뽑아버리자” 하셨네.

몸소 시와 사진으로 참여하신 『촛불혁명 시민의 함성』은
미완성의 촛불혁명을 완성하는 ‘책불혁명’이 되어야 한다는,
백기완 선생님 말씀
‘남김없이’ 실천해야겠네.

---

* ‘촛불 출정가: 아, 한바탕이여 몰아쳐라’(『촛불혁명시민의함성』, 98쪽

차마 예수의 이름으로,
도무지 누구의 이름으로도
사이비, 수괭이 되어서는 안 되듯
백 선생님 따른다며
거짓, 폭력, 내부 분란, 꿍쳐먹기,
있어서는 안 될 일.
'허울 따위는 한 오라기도 챙기질 말아야 한다네*'

허리와 팔뚝으로 역사를 돌리고
민중의 배짱에 불을 질러야 하네.
언 땅 어영차 딛고 일어서는 대지의 새싹 '나네'처럼
영원을 향한 딱 한발 떼기,
불쌈 완성에 일생을 걸어야 하네.

2021.2.22.

---

* 「묏비나리」에서 인용. 이외 여러 구절 백기완 선생님 시에서 차용.

인간교육론: 인간교육, 인간이 아니면 괴물이다

1

인간교육이 아니면
교육이 아니네.

교육이 이루어진다는 학교
학력은 중졸, 고졸, 대졸, 대학원까지 올라가지만
친구에게 모진 폭력,
후배, 동료, 동지의 생명 위협하는 일,
어린아이들 학대하는 일,
자식이 부모를 해치는 일,
부모가 자식을 죽이는 일마저 늘어가네.
교육받았다는 사람들
사람이 아니라 괴물이네.

2

인간이 인간이 아니면 괴물이네.
검사, 판사, 변호사, 의사라도
불법 불의 불공정 부정 비정으로
개검, 개판, 개변, 악의惡醫 평 들으면
사람다운 사람 아니네.

기자라도
의원이라도
시민운동가연 하더라도
불법 불의 부당 부정 손잡으면
좋은 사람 아니네,
차라리 괴물이네.

남녀평등, 성 정의, 젠더 민주주의
여성주의, 페미니즘 옹호론자라도
진실과 정의를 벗어난
일부 편향적 선택적 피해자 중심주의
심신박약인 양, 피해자 절대주의
공정한 진실 외면, 침소봉대
과도한 2차, 3차 가해론
정당방위를 월등히 넘어서는 과잉방위
마녀사냥, 인격살인, 명예살인
비정, 비인간, 반휴머니즘이라면
인간 사랑 반하는 증오,
여성인간을 위한 것도 아니네.

3

일찍이 성선설의 맹자는
인간, 비인간을 말했네.
"인간이라면 인의예지仁義禮智가 있다.
측은지심惻隱之心*
수오지심羞惡之心**
사양지심辭讓之心***
시비지심是非之心**** 없으면
인간이 아니다非人間" 했네.

인내천,
사람이 곧 하늘이다?
그건 가능성을 말할 뿐
순수한 민중을 말할 뿐
모든 사람이
무조건 하늘이 아니지.

동학군 말살한 일제가 사람인가?
자기 백성, 자기 이웃 죽여서라도 출세하는,
출세하려는 친일파, 토착왜구, 수꼴,
수괭이들이 하늘인가?

---

* 어진 마음, 사랑
** 불의 등 잘못에 대한 부끄러움, 반성
*** 겸손, 양보
**** 옳고 그름 가리는 지혜의 마음

먼저
시천주侍天主, 사인여천事人如天,
마음에 하늘을 모시고
참사람을 하늘처럼 여겨야 사람이네.
양천養天, 하늘의 마음을 길러야
하늘이네.

4
교육은 무엇보다
사람다운 사람을 기르는 일.
가시덤불 속 가능성을 이끌어내는 일.
인간교육이 아니면 교육이 아니네.

교육을 말하고
인간교육, 인성교육을 말하면서
공맹의 인간론,
석가, 예수, 소크라테스…
인류의 스승들의 가르침과도 다 통하는,
인간의 조건을 모르거나 무시하고 왜곡하며
무슨 교육이며,
더구나
인간교육, 인성교육이란 말인가!

사람은 모두 불성처럼
사람다운 사람의 본성이 있으되
모두가 거저
사람다운 사람인 건 아니네.

비인간으로
사람 아닌 사람으로 살아가는 사람
참으로 많네.

교육다운 교육으로 자라야,
사람다운 사람으로 살아야
사람다운 사람이라.

5
교육은
인간의 바람직한 변화.
모든 주변 환경,
학교뿐 아니라 사회를 통한
사람다운 사람 되기.
의도적 적극적 교육의 시기
초등학교 때부터

천성처럼 착하고 의로운 아이들 있지만,
그렇지 않은 아이들 적지 않네.
일찍이 세勢 따라 움직이는
중간지대 아이들도 많네.

교육은
참한 아이들 빛나게 자라도록 하고
중간 성향 아이들
선과 의로 이끌며
문제 보이는 아이들
바르게 잘 자라게 하는
참으로 어려운 일이네.

6
동심 천사주의대로의 아이들이라면
친구를 계속 괴롭히고
선생님까지 때리는 일까지
있을 수 있을까?
친구나 후배 스파링 상대…
각양각색 폭력으로
뇌사나 죽음에까지 이르게 하는
불량청소년 어떻게 빈번하겠는가!

폭력, 집단 따돌림, 다각적 피해 주기, 지속적 방해…
비인간의 소질 보이면
끈질긴 지도
총체적 인간교육 매달려
기어이 변화시켜야 하는 것.

적당히, 무난히 넘어가면
비인간을 방관하고 조장하는 것.

성적이 좋다,
운동 잘한다,
부모가 힘 있다, 잘한다 덮어주면
그가 바로
폭력, 성폭력 일삼는 운동선수
지도자 될 수 있다네.

사람을 괴롭히고 죽이고
부모, 자식을 죽이는 괴물.
정의를 내세우며 정의를 말살하고,
자기 권익을 말하며
참 권익을 파괴하는
괴물이 될 수 있다네.

자기만족, 자기욕심
돈과 지위, 자리에
인간됨, 사람됨을 던져 버리는 것.
악마에 영혼을 팔아버리는
메피스트들 우글거리네.

7
인간교육은,
철저한 교육을 포기한
편향적 아동중심주의 관료,
갑질하는 과보호 학부모로 인한
고소와 징계, 직위해제, 불명예, 전출도 각오하고
안정적 월급, 승진, 두둑한 연금 포기
교직을 걸고 하는 일.

사람 사는 세상 만드는 일은
인생을 걸고 하는 일.
목숨을 걸고 해야 하는 일.

인간이 비인간인 것만큼
비극적인 일이 있을까?
사람이 사람이 아닌 것만큼
비참한 일이 있을까?
예수가 말한
눈알을 빼고
팔을 잘라버려야 할 죄는
바로 그런 것이 아닐까?
한 눈, 한 팔로라도 들어가야 할
하늘나라, 구원의 길은
참사람 되는 것이 아닐까?

인간교육이 아니면
괴물교육,
인간이 아니면
괴물이거나 악마라네.

2021.2.14.

2021년 부활절에

올 부활절은
부활절 같지 않은 부활절.
화려하게 다시 피어난 봄꽃에 대비되는
파란 마스크를 쓴 잔잔한 봄빛

그러나 원래
부활이 그러하기에
부활절다운 부활절이기도 하다.
2천여 년 전 부활이
얼마나 초라했던가!

막달라 마리아와
제자들의 증언으로 이루어진 부활.
천지는 개벽하지 않았고
로마와 유대 지배세력은
아무 일도 없었다.
역사적 사실 기록 한 줄로도
남지 않은 부활…

그러나
십자가에 못 박혀 죽은 예수는
죽지 않았다, 다시 살아
백배 천배 밀알 되었다.

그의 사랑과 의의 하늘나라 향한
삶과 말씀이 묻히기는커녕
온 세상, 온 세월
로마를 넘어 땅 끝
천년 이천년을 넘어
영원 속으로…

로마의 국교가 되고
지상의 권력이 되어
중세시대를 풍미한 것은
세상적 승리로 보이지만
그것은 참 예수의 길 아니었기에
다시 죽어 거듭나야 할 일이었으리.

오늘날
예수의 부활 이후
예수를 팔아 이루어진
포교와 교세, 대형건물,
반 예수, 적그리스도는
멸망하리라.

교회를 다니든 안 다니든
사랑과 정의 아닌 욕심에서 나온
분란과 분단, 적대,
불법 불의 부정 부당 불공정
특혜와 투기, 속임수, 거짓말
수구, 기득권 수호를 위한
편향, 편파, 선전선동일랑 종내
부활 없는 죽음을 맞이할 것.

부활절은
모든 부활의 상징적 기념일.
세계와 한민족의 역사 속에서
죽어도 죽지 않은.
죽임을 당하고도 다시 살아난
사랑과 정의, 진리,
민주, 평등, 평화의 영혼들.

그 모든 부활을
기념하고 회오하고
그 길 다짐하는 날.

2021.4.4.

어이상실 시대에

눈만 뜨면
어이없다는 생각이 든다.

눈을 감아도
어이없기는 마찬가지다.

공교롭게도 공정권이라니!
돼통령라니!
술통령이라니!

공정을 말아먹은 공의 '공정',
가장 불의한 공의 '정의',
천하에 몰상식한 공의 '상식'
지록위마指鹿爲馬
지악위선指惡僞善이로세.

거짓과 조작, 속임수 대장이
왕이 되고,
그 부하가
소통령이라..
공범관계
백여시는 퍼스트인 거니?

푸른 솔 베어지고
맑은 물 메말라
황폐화된 문전옥답門前沃畓, 민전인심民田人心이여!

어이없는 용뫼왕 지지율 전락과 함께
어이상실 시대는 종언을 고하리라.
이 땅에 푸른 물결 넘치는 날,
깨어있는 사람들로
사람 사는 대동세상 오리라.

2022.7.2.

끔찍한 꿈 후기
–'윤썩을'에게 쫓기다

간밤
권세를 얻은 윤썩을 무리가
날 잡으러 오는 꿈을 꾸었네.

의로운 검사인 양 모두를 속여
총장 된 후
촛불정부 공격으로
검찰개혁 막고,
수십 년 차지해 온
정권 탈환하려는
막강한 수구적폐기득권 등 올라타
대권 노리던 윤썩을.

그로부터 나라는
국정농단보다 더한 반란,
공정과 상식의 전도,
국기문란 벌어졌네.

이제라도 그 음모의 일단이 드러난
청부고발 사건.
그 범죄자들
조국, 가족보다
압수수색, 구속 수사받으며
석고대죄해야 하건만

기대되는 기회에
파렴치한 적반하장 깡패 버릇 못버리고
뉴스버스와 무관함 강조한 말 물고 늘어져
국정원, 박지원 공작설까지
총공세 전환이라네.

내심 그 무서운 세도,
전두환 반란 성공하듯,
조국, 가족 풍비박산
희생시키듯,
2기 촛불 꺼뜨릴까 무서웠나….
밤새 윤썩을 세력에 쫓겼네.

피하고 피해도 쫓아오고
아무리 도망쳐도 잡아 족치러 왔네.
어떻게 그 마수를 벗어날까
몸부림치면서 생각했네.
'제발 꿈이었으면…'

깨어 보니 과연 꿈이었네.
천만다행, 만만다행.
윤썩을 권력은 다만 이렇게
하룻밤 꿈으로 끝났네.

그러나 촛불혁명 완성,
우리 함께 꾸는 생시의 꿈은
마침내 이루어지리라!

2021.9.12.

2021년 봄

– 촛불의 봄, 재활을 위하여

봄이 왔는데
봄은 오지 않았다.
자연의 봄은 왔으나
사회의 봄이 오지 않았다.

지구적 마스크 쓰기 속에서도
개나리 목련 벚꽃
피었다 지고
찰나의 빛, 다채로운 꽃
만발하는 중
휘황찬란 장미꽃마저
눈부시게 피었지만

사람 사는 세상의 봄은 오지 않았다.
다수에게 옳고 좋은 민주주의는
봄이 되지 않았다.

윤xx를 정점으로 한 수구보수기득권 세력에 의한
거짓 공정과 정의의 프레임으로
참 공정과 정의가 무너지고 있지 않은가.

스스로 헌법과 법률을 유린하고
촛불정부가 그 가치를 망친다 하지 않는가.
참혹한 시절을 딛고 역사적으로 부활한
51·8마저
독재와 학살의 후예들이
진정한 사과도 없이,
엄중한 고백과 책임도 없이
외식外飾으로 5.18을 받들고 따르는 양하지 않는가.

스스로 독재적 검권 휘두르던 자가,
"5.18은 진행형이며
모든 형태의 독재에 대한 저항이라" 말하여,
5.18에 뿌리를 둔
촛불혁명에 따른 정부가
저항해야 할 독재인 양
뒤집어야 할 정권인 양
민주주의에 대한 반란을 꾀하지 않는가.

학살자 전통全統찬양하고,
곳간 차고 넘치는 떡고물 챙기던 세력이
교언영색 검권 언권으로
5.18 정신과 희생의 가치를 전복하려 하지 않은가.

촛불정부가
인사 문제
부동산 정책 실패
청년 일자리 부족
경제와 노동계 등 적폐 청산 개혁
미진했다 한들

친일과 토착왜구,
독재와 불의, 부정,
나라 상대 사기 MB
국정농단의 공범이거나
특혜 비리 이익충돌,
한통속으로 거짓말하는 자들에
몰표를 줄 수 있는가?

무소불위 검권 행사가
정의인 양 착오케 한 자,
편파적 공정의 프레임으로
민주정부, 촛불정권을 겨냥
최악의 불공정 자행한 자,
위헌과 위법과 위선에
별의 순간을 맞게 해서야 되겠는가?

기득권, 검권 언권 재산권
개혁하려는 정부 교체에
모든 수단과 방법 다 하고 있는 세력을
밀어주는 반감의 감정과 이성,
편견과 편향 세대와 세태는
빼앗기고 있는 들판,
오지 않는 봄을 부른다.

천신만고 동토의 칼 벼려
국민들 피눈물 나게 하는
권력 남용과 불의의 대명사
개검, 개판부터 단속하라 만든 공수처마저
진짜 살아 있는 막강한 위협적 검권에 굴하여
교육계의 반듯한 꽃, 푸르른 잎,
소중한 열매에
칼질하는 게 아닌가.

봄은 벌써 봄인데
봄이 아니다.
산과 들, 울타리에
꽃은 만발했어도
이 나라와 세상에
봄은 오지 않고
성하盛夏를 맞는다.

대동단결,
정당한 민주적 통제력과
효능감 주는 능력으로
봄이 진정 봄일 수 있게 하기를!

다가올 사나운 불볕 더위 거뜬히 이기며
참다운 5.18,
촛불 행진의 시대,
다시금 활짝 맞이할 수 있기를!

2021.5.18.

〈한산, 용의 출현〉을 보고
–'한국, 의의 승리'를 위하여

결혼 33주년에
해외여행은 못 가고,
한라산, 백두산, 울릉도, 독도도 어렵지만
〈한산〉은 볼 수 있다.

멜로는 아닐지라도
손잡고 다정히
왜적 깨부순 이야기
흥미진진 감상할 수 있다.

도요토미, 와키자카, 가토 같은
불의한 무리들
물리치는 일 얼마나 중요한가?

'의와 불의의 싸움*'
그때나
일제 때,
토착왜구의 시대
결국
의와 불의의 싸움이다.

---

* 이순신 장군의 말(영화 대사 중)

사람을 위한
백성을 위한
국민을 위한,
진정 나라와 민족을 위한
의로운 싸움.

토왜, 친일에 뿌리 둔
자신들의 부와 권력, 자리를 위해서
조국을 치고
견내량, 용상에 앉아
죄 없는 이순신, 천명天明, 의인들
끌어들여 박살 내려는
모사꾼, 검객들 판에
이기는 싸움 준비하자.

목숨 건 의병들, 수군들에
이억기, 나대용, 어영담, 정운
더하여
준사, 정보름까지
모두 합해 의를 이룬다.

학익진을 펼치고
비장의 거북선 갖춰
민의의 바다 물살 타
사정거리 내 적선에
화살과 포격을 가하라.

야합은 이적행위.
불의한 타협, 두려움 떨치고
생즉사, 사즉생!
선명하게 치열하게
대동단결 대동투쟁.
한산, 한산도 대첩처럼
한국, 한반도 대첩!

온전한 민주공화국 부활,
삼천리강산
평화 번영 체제,
위대한 승리의 길 가자.

2022.7.29.

계절이 오고 가듯

– 공룡 시대의 종말을 기대하며

그때 광화문에 가을이 왔듯
세종로통에도 가을이 왔다.
가로수 은행나무에 노랑물 들고
그 빛 환하게 타오르듯
이제 다시 단풍이다.

은행잎보다
울긋불긋 가을보다
뜨겁게 달아올랐던 1,700만 촛불
이제 다시 시작이다.

머잖아 이 가을도 가고
겨울이 와
손발 얼고
귀때기 시릴 날
다시금 다가올 텐데
그때처럼 촛불도 계속되리라.

마침내 돌무더기 같던
얼음바위 계절 물리치고
탄핵의 3월,
장미꽃 대선 맞이했듯
봄날은 오리라.

빙하기 지나
공룡이 사라지고
인간의 시대 열렸듯
이 땅의 공룡, 공통시대도 사라지리라.

끝내 사람 사는 세상
대동세상 오리라.

2022.10.29.

대통령 퇴진집회 가는 길

지지율 20여%
벌써 박통 퇴진 촛불 때 같은
윤통 퇴진집회 열린다.

아내는 모처럼
우강집 가자는데,
오랜만에 장모, 처남네들 모여
밥 한번 먹기로 했다는데,

당연히 나도 가고 싶은데
아내와 아들만 떠나보내고
나는 장모님께 전화만 드렸다.

"정서방은 왜 못 와?" 하시는 물음에
윤석열 대통령 퇴진집회 가야 한다 말씀드리니
뜻밖에 격려를 보내신다.

"이겨야 혀. 윤석열 꼭 이겨!"
80대 장모님의 응원과 기대에
시들했던 자부심, 자신감에
생수 같은 단비 내린다.

"윤석열은 퇴진하라!"
"김건희를 구속하라!"
우렁차게 함께 외치고
시내 한복판 행진할 때
길 가 지나는 사람들
따스한 반응
이열치열 상쾌 통쾌 유쾌로구나.

'16-'17의 촛불혁명
5년 만에 앙시앵 레짐,
불법 불의 독재의 옛 터널에 갇힌 듯하지만
벌써 땅굴 끝 서광이 보인다.

소금땀 흘러내리는 한여름에
그 가을의 서늘한 바람과
그 빛나는 촛불의 봄,
회생과 부활의 기운
파도처럼 일렁인다.

2022.8.6.

이날을 목놓아 통탄한다

– 용대실 옆 이태원 참사에 부쳐

이럴 수가 있는가!
백주대낮 대신
백야 도로에서
150여 명이
순식간에 압사를 하고
또 그만큼 부상을 당하는
참사가 나다니!

더구나 국제적 사고라.
이란인, 중국인, 미국인, 일본인, 러시아인…
외국인도 26명이란다.

그동안의 안전한 한국 믿고 나섰다가
졸지에 참변을 당했다.
세계사적 사건 아닐 수 없다.

이런 일은 없었다.
오래전부터 핼러윈데이만 아니라,
수십만 백만 삼백만 군중이 모이더라도
길에서 도로에서
백수십 명은커녕 수십 명은커녕
하물며 몇 명도 몰살된 적 없었다.

작년까지도
대통령, 대통령실, 행안부 등 정부,
서울시와 경찰과 구청이
안전관리를 다 했다.

죄의 삯은 재앙이고 사망이라
범죄적 공거니 정권 후
불법 부당한 용대실 시대 열리니
수백 명 경찰은 연일
대통령 경호에 내몰리고
검찰독재망국화 정권 유지에만 혈안이 될 뿐
나라의 주인인 국민,
민주시민 생명과 안전 따위
뒷전이라.

참사를
단순 사고로 규정하고
영정 하나, 위패 하나 없는,
근조조차 붙이지 못하는
정략적 추모와 애도에만
묶어 놓으려 한다.

참사 원인인 대통령이 상주라도 되는 양 행세하고
장관, 시장, 구청장 책임 없다 한다.
불법 불의 사기 세력
친일의 피와 정신이 흐르는
수구정권만 되면 벌어지는 참사.
그에 대한 정략적 추모행태도 똑같다.

'생살 뜯기는 처절한 통곡 앞에
의례적 사과와 애도,
슬픔만의 시나 노래는
부실한 세월호나 다름없다*'고 했던
4·16 때의 시 구절이 그대로 적용된다.
'분노하라, 하늘 같은 사람들이여!
이 나라의 주인공들이여, 거룩하게 분노하라!*'도
마찬가지다.

이제라도 죄 없는 사람들
무참히 희생시키는 공거니 정권 퇴진!
이 땅에 생명과 안전,
민주, 정의, 평화 실현!
목놓아 절규한다.

2022.11.2.

---

* 졸시 「거룩한 분노(오마이뉴스)」

사기의 국제화, 그 끝

콜거시기 묻고
미인계 쓰려고
수차례 성형을 했지.

내친김에 개과신명
개명도 했지.
'잘 보이고 싶어서'
돈과 명예, 높은 자리 욕심에
학력 경력 허위 조작
밥 먹듯 했지.

케비지 같은
표절과 복사로
석박사.

몇십억 주식으로
국민대를 매수하고
결국 모든 것 'yuji'되었지.

모녀간 부동산 사기
서류조작,
주가조작으로
무소불위 맘몬신도 갖췄겠다.

이 모든 것
불의의 대명사 깡패개검
뒷배 덕분이렷다.

당장은 천사표 인사人士와 시민들
짓밟는 악령의 힘,
머피스트, 천공에 영혼 팔아
영부인까지 되었으니
이제는 사기의 국제화라.
공식행사는 불참하고
재클린이라도 된 양
빈곤포르노 쇼를 한다.

언제부터 오지 아이들 구제에
관심이나 있었다고
오드리 헵번 코스프레

누구처럼
구육狗肉의 본색
양두羊頭인 양 포장한다.

백여시 끼 발휘하여
날리면 팔짱을 끼고
국제적 미인계,
그 천박한 웃음팔이

국제적 사기 망신 행각에
부끄러운 건
오로지 국민 몫이다.

그 계략,
'폭군 뒤에서 앞에서
종내
나라를 기울게 하리[*]'

'인의仁義를 해치는
잔인하고 해로운 필부 주紂[**]'와 함께
끝날 맞으리.

2022.11.15.

---

* 『무경십서』 미인계 설명 중 참고

** 맹자 『양혜왕장구 하』 참고

비로소 풀려난 통곡의 추모

호랑이는 죽어 가죽을 남기고
사람은 죽어 이름을 남긴다 했다.
이름없는 죽음은
사람의 죽음으로 여기지도 않는다는 것.

이름이 없으면
영혼도 이름 얻지 못하고
구천을 떠도는 것.

용대실 옆 참사엔
이름이 없었다.
영정은커녕
이름 쓰인 위패도 없었다.

무도한 대통령실 이전에 따른
용대실 철통 경호
사저, 관저 기동대 경호,
시위로부터의 방어에만 매달리고

사무라이의 검 휘날리는
위력 과시용 마약 단속
함정의 그물 펼치는 데 집중했을 뿐

전과 같은 안전관리
위험관리 기동대 요청은
끝내 이루어지지 않았다.

고 이상은!
고 이민아!
고 이남훈!
고 송은지!
고 이지안!
………

어려운 시험 합격 소식 메시지로 남은 고인.
늦은 밤 문소리에 귀가하는 자녀의 환청.
새벽 출근 알람 소리에 깨어나
사무치게 그리운 아이.

이름을 효자로 하고자 할 만큼
사랑스러웠던
이민생활 중
고국 문화 배우러 왔다가
이 땅에서 영영 사라져버린

애끓는 사연
억눌려왔던 슬픔
눈물바다
절규와 통곡의 기자회견장.

이 평범하고 건실한 젊은이들,
몇천만 원은커녕
10조 원은 물론
천하와도 바꿀 수 없는 인생.
세계적으로 인정받은
촛불 정부 짓밟기 위해,
월북 혐의 서해 공무원 한 명
피격당하게 했다고 난리를 치고,

동포 10여 명 죽인 뒤
도주하다 잡혀 귀순 의사 밝혔다는
흉악범 돌려보냈다고
국민의 생명, 인권 말살 운운
종북 공세의 칼날 휘두르더니

무려 158명
생때같은 '생명의 촛불'이 꺼져가기까지
용대실 대통령,
그가 애지중지 기어이 임명한
장관, 경찰청장, 프락치 경찰국장,
그 잘난 힘센 당 출신
서울시장, 구청장 등
모두들 무얼 했는가!

의로운 이들에 의한
명단공개가 패륜?
동의와 허락 절차 깔아뭉개며
하늘 같은 이름,
별빛 같은 영정, 사연 덮고
죄인인 양 유가족 차단한
연쇄적 추모쇼 한 것이야말로
패륜 중의 패륜,
미필적 고의에 의한 살인
범죄 은닉죄 아닌가!

두 번 죽임당한
고귀한 이름, 얼굴, 사연
비로소 세상에 떠오르니
억눌려 있던 눈물 하염없이
손수건 적신다.

이제야 차단에서 풀려난
유가족의 절규와 통곡 속에
유폐되었던 그들
이름과 영혼 되살아온다.

2022.11.25.

2022 크리스마스에

크리스마스Christmas가
크라이스트Christ와 마스Mas의 합성어라는 것.
크라이스트는 그리스도 예수이며
그리스도는 구세주의 의미라는 사실조차 모르는 듯

그 생각하지 않고
학교에서도 가르치지 않은 채*
건물마다 시설마다
당사에 용대실에 화려한 크리스마스트리를 세우고
불빛 번쩍이는 사람들이여!

X-마스는
성인 예수 탄생을 기념하는 절기라는 것조차 잊은 채
예수 없는 우상에 매달리는 세상이여!

옛날 성탄절에 가면극을 가장하여
도둑, 강도, 살인을 자행하고,
예수를 탐식한 향락주의자,
악마의 친구쯤으로 여겨지게 했던 것처럼**
이 땅엔 이즈음 전례 없는 대참사 벌이고도

---

* 학교에서도 X-마스트리를 세우고, 즐거운 행사를 하지만, 그것이 사랑과 정의, 평화 정신으로 세상을 구하려 한 예수그리스도의 탄생을 기념하는 날인 것은 가르치지 않고, 종교적 편향성 시비를 우려하여 그것을 공공연히 밝히지도 못하게 함.

** X-마스에 대한 『종교학대사전』 참고

책임은커녕, 처벌은커녕
49재에 X-마스트리 점등식,
술잔, 떡 잔치 벌인다.
진상규명, 진정한 사과 울부짖는 유가족 향해
시체팔이 운운 악마들 판친다.
망나니 검찰망국화 독재정권 아니랄까 봐
죄 없는 예수 같은 선한 사람,
의로운 일 하는 사람들 잡아 족치고 가두고
17년형 MB사면 복권은
그보다 더한 자신들 죄악에 대한 사면복권이라.

참세상의 왕으로 예언된 아기예수 죽이려
영아들 학살한 해롯왕 악명 길이 남고,
수많은 예수와 민중 압살한 권력자, 기득권자,
그들을 떠받친 우매한 자들까지
영원한 역사의 지옥불에 떨어지듯

예수를 사칭하거나 이용하는 적그리스도
사탄, 괴물권력, 악령의 도움받는 악마무리
심판의 날 다가오리.

진정 예수 탄생 축하하고
그 정신과 영혼 따르려는 촛불민중
굳건한 승리의 상록수 세울 날
오고야 말리.

2022.12.25.

2020 가을

온누리
눈부시게
오색 물들어 가네.

형언할 수 없는
흉내 낼 수 없는
오묘한 빛깔의 향연.
가을은 그렇게 물들어 가네.

코로나에 휩싸인 세상일망정.
코로나 같은
앙시앵 레짐의 검풍,
빛 좋은 울타리 내 다수 횡포
맞바람으로 불어온다 한들

가을은, 시대는
보암직하고 먹음직스런
실과를 풍성히 거두네.

마스크를 쓴 채라도,
몇 해 전
광화문 광장 주변의
노오란 은행잎
다시금 빛나네.

가을이나 자연 아닌,
영靈도 아닌 육.
보신과 욕심의
기레기 무리
하늘 한켠을 덮어도
주 하늘 나날이
맑고 푸르러라.

차운 밤이면
해를 대신할 만한
촛불빛 잎새 물결.
십만, 백만, 천만
고운 단풍으로
천지에 관영 하리.

2020.11.1.

도하의 투혼, 참담한 윤건희 타파

한 번은 무승부하고
또 한 번은 졌을지라도
반성하고 죄송스러워하며
가열 차게 노력하는 선수들을 보라.

혼연일체 실력을 발휘하고
혼신의 힘을 다하여
마침내 기적처럼 승리하는
자랑스런 태극전사들을 보라.

무능과 천공무당,
게으름, 안이함으로,
나라와 국민에 도움되기는커녕
참사를 일삼는 윤건희 정권이여!

배신과 속임수로
선과 의, 촛불을 짓밟고
마왕의 자리 꿰차
기어이 혈세낭비 용대실.
인사참사, 외교참사, 경제참사,
남북관계참사, 정치참사
줄을 잇다가

마침내 158명
하늘같이 소중한 젊은이들
압사까지 시켰구나!
도하의 기적 선수들
열렬히 응원할 기회도
영원히 빼앗고 말았구나!

그러고도
개과천선, 회개는커녕
진정한 사과와 반성,
대오각성 분골쇄신은커녕

방송장악, 민영화,
정적제거, 전 정부 죽이기,
나라 망치는 데 골몰하는 거지발싸개

"노동자가 아니라 불법노조,
불법에 대한 대가를 치르게 하겠다"면서
자영업 방식의
화물노동자까지 업무개시명령
사지로 모는 독재라니!

이 망조 조장 광검狂檢 춤에서
나라와 민족 구할 자 누구인가!
백만, 천만 촛불,
70%, 80% 민심 천심뿐이라.
태극전사들처럼 심기일전,
역사적 촛불혁명의 기적
다시 이루리.

2022.12.3.

2부

- 악마는 따로 없다 -

광언, 광인에 대해

UAE는 형제국,
UAE의 안보는 우리의 안보란다.
UAE의 적은 이란이고
우리의 적은 북한이란다.
미친 소리라는 말이 절로 나온다.

UAE와 우리가 친하다 한들
UAE는 우리의 형제국이고
한민족인 북한은 적이 되는가?
미친 소리다.

이란이 UAE의 적이라는 망발
국익을 해치고 국격을 떨어뜨린다.
이것이 이적행위 아니고 무엇인가?
이것이 광인 본색 아니고 무엇인가?

이란이 UAE의 적이라면
이란은
우리의 적도 된다는 것이다.
우리는
적국 이란에 대해
안보를 지켜야 한다는 것이다.
미친 소리다.

머나먼 이국땅,
이민족의 땅 UAE까지 가서
굳이
진짜 형제국 북한에 대해
우리의 적이라고 말해야 하는가?

한겨레이면서 갈라져
싸우는 상황을 부끄러워 하지 못하고
안타까워 하지는 못하고
애써 우리의 적은 북한이라고
강조해야 하는가?
미친 짓이다.

그동안의 수많은 망발과 망언, 만행이야
떼 지어 기는 기레기들이
덮어주고
마사지해 주고 넘어갔지만
이제는 아니다.
탄핵병원행,
퇴진치료만이 답이다.

2023.1.17.

2023 설 대복 기원

– 먼저 그의 나라와 의를 위하여

천명을 태우고 비상할
선한 호랑이 기대했다가
사람 잡는 멧돼지를 만났던
악몽의 한 해 지나고

죽음 같은 검은 밤하늘 한가운데
희망의 빛 밝히는 달에 올라
불사不死의 약절구 찧는
의와 지혜의 상징 옥토끼*와 함께
승리하는 새해 되기를!

얼마간의 권세와 영화 위한
부역과 반민의 악한 영
수괭이 검새 기레기 편대 대왕
그 망나니 칼춤이
그 자신에 가해질 수 있기를!

윤핵이 아니면
야든 북이든
이란 거란, 아군 우군조차 적이니
스스로 사면초가
본·부·장·측 불법 불의에
심판 있으리!

---

* 『신화 속 상상동물 열전』 참조

사랑하는 님,
먼저
촛불의 나라와 의를 구하여 얻는
복락과 함께
건강과 행복, 소원성취
창대히 이루소서.

2023.1.21.

현대판 정치깡패집단에 대하여

진정 나라와 국민, 민족을 위한
촛불이 모이는 곳마다 몰려 와
스피커 폭력을 휘두르는 자들
그들은 선량한 국민이 아니라
깡패집단일 뿐.

사람들 위해 헌신하고
기적처럼 죄 없는 이재명 대표에,
최소 인간의 조건
측은지심*도 안 드는지
화살, 총알, 대포, 미사일 쏘아대도 안죽으니
"이재명 구속!" "이재명 구속!"
악을 악을 써 댄다.

윤건희 검찰 언론 기득권 수구세력의
불법 불의 속임수,
범 민주진영의 분열이 아니었다면
참 '민주공화국' 대통령 될 수 있었던 이재명!

24만 표 차로 자신들이 정권 잡았다고
10년 20년 치열한 노력
먼지라도 잡아내려고
탈탈탈 털어 대는데,

---

* 맹자 공손추, "無惻隱之心 非人也(무측은지심 비인야), 無羞惡之心 非人也, 無辭讓之心 非人也, 無是非之心非人也"

거기다 대고
"이재명 구속!" "이재명 구속!"
악다구니를 질러 댄다.

감동적인 기자회견 방해하고자
일찌감치 지검 앞에
좀비처럼 똬리 틀고서
"이재명 구속!" "이재명 구속!"
고가의 고성능 무기로
고래고래 폭력을 가한다.

이들은 윤건희 DP*세력,
인간이 아니다.
돈을 위해
호가호위 위해
정신과 영혼을 팔고
목까지 바친다.
민주시민은커녕
사람이 아니다.
70년대까지의
이정재, 용팔이, 정치깡패들의
반시대적 화신.

---

* Dogpig

이태원 참사 유가족들에 대한
저들의 만행을 보라.
참사의 원인이 된 용대실
굥거니 정권에 불리할까 봐
내륙없이* 이재명, 문재인 욕하는 현수막 붙이고
"시체팔이", "돈벌이!"
개처럼 짖어대는 자들.
저들이 어떻게 인간일 수 있는가!

양두구육,
사람의 탈을 쓴 승냥이떼
대한민국을 지옥화하는
악마구리 떼.

다시금 촛불시민 승리하는 날
굥거니 수구 개검 개판 기레기들과 함께
저들 비인간 패거리들
무저갱에 떨어지는 심판도 있으리라.

2023.2.10.

---

* 아무 상관없이의 방언

민주여 정의여!
– 민주 정의 없는 민주 정의 팔이들에게 부쳐

민주 없는 일부 민주진영, 민주당 정의당
정의 없는 일부 민주진영, 민주당 정의당이
이 땅의 비극을 부른다.

단지 다수라거나 무조건 다수결이 민주, 정의가 아니고
일부 기득권층이 아닌, 보다 많은 사람들에게 옳고 좋은 것이라야 민주주의.

자신들, 일부 기득권 세력 위한, 의로운 다수에게 불의하고 해로운 건 반민주인 것.
일부 수구 보수가 아닌 대다수 시민 국민 민중에게 공정하고 바른 것이라야 정의인 것.

자신들, 보수화되고 수구화된 세력만을 위한 윤검식 공정이나 상식이 무슨 정의란 말인가.

검찰개혁 하려 한 문정부, 조국, 민주인사들 짓밟기. 자신들 검찰정권에 방해되는 이재명 죽이기에 국가권력을 총동원하지 않는가!

민주주의자라면,
공정과 정의, 양심이 있다면 진작에 분노해야 했다.
먼저 그의 나라와 의를 구하라 하지 않았는가?
공정과 정의, 법 앞에 평등민주공화국 대한민국 헌법과 법률, 민주시민이 주인인 나라다운 나라 위해 공명정대 정정당당 의로운 싸움 했어야 했다.

일부 민주진영이라는 분들,
조국네 도륙당할 때부터 그네의 작은 특혜나 편의 이용의 잘못에 대해
그 "작은 일에만 분개*"할 게 아니라
검사가 아닌 깡패짓,
수사권, 기소권, 수십억 비공개 판공비를 악용한 검언판 유착, 촛불정부와 국민에 대한 배반,
부당한 저항과 반역에 대해 정의의 방망이를 들어야 했다.

검찰개혁 외치며 서초동에서 여의도에서 촛불을 든 수백만 민주시민,
아무런 대가 없는 의로운 사람들과 함께 민주를 수호했어야 한다. 정의를 바로 세웠어야 한다.

문통은 통치권을 발동하고
국회, 민주당 정의당 모두 탄핵이라도 했어야 했다.
대선 때라도 먼저 나라와 의를 새로 세우는데 대동단결 했어야 했다.

대의를 버리고
자신들이 어떻게든 후보가 되고자 내부에 총질 하질 않았나. 윤거니 정권 들어서거나 말거나
어차피 되지 못할 자가 당, 노동, 진보 후보 몇 표, 몇만표, 몇십만 표 갈라먹지 않았던가!

---

* 박완서 소설, 김수영 시에도 유사한 표현 있음.

그렇게 24만 표 차로 윤건희 정권 출현하니 속이 시원하신가? 80여만 표 받아 공거니 정권 등장에 기여한 덕에 20억쯤 후원금 들어오니 천만다행이신가?

천인공로 악령에 휘둘려 용산을 강점하고, 검찰 지배, 경찰국 신설, 간첩조작, 국정원 부활, 친일 독재 반민주 반평화 외교참사, 민생파탄, 노동탄압에 이태원 참사까지 유발한 후, 책임 없다 하고, 유가족조차 능멸하는데 책임감 못 느끼는가?

주가조작 가담 확실한데 김건희 수사, 특검에 반하는 이유 무엇인가!
50억 클럽 특검하자면서
그 대장동 사업 가능케 한 불법 피해 막심 부산저축은행 대출 무마, 윤석열 관련 사항 배제 주장 웬 말인가?

검새들 준동으로도 죄 없었던 이재명.
대선 후 수십 명 조작 공작 전문 특수통들 투입되고 2백2십여 차례 압수수색에도,
궁박한 처지인들의 자기배신적 전언 외 잡아들일 먼지 하나 없었던 이재명.

오로지
정의로운 민주공화국 대한민국 국민과 시민 더불어 잘 사는 세상 위한 고군분투로 우뚝 선 그에 대한 구속영장이 가결되어야 한다니! 당대표를 내려놔야 한다니!
이 얼마나 반민주이며 불의인가!

이것이 망나니 망국화정권에 대한 부역이 아니고 무엇이랴! 당장 권력과 돈 가진 자들로부터 이익을 얻어보고자 하는 파렴치한 기회주의가 아니고 무엇이랴!
일제에 부역하고 독재에 기생한 이들과 무엇이 다른가?
민주 정의 편인 듯하지만 민주 없고 정의 없는 자들.

수백만 촛불에 태워지기 전,
역사의 준엄한 심판이 내리기 전, 대오각성하여 돌아오기를!
참 민주주의와 정의의 바다
범민주, 촛불시민의 품으로 다시 돌아오기를!

2023.2.16. 이재명 대표 구속영장 청구일에

전투왕과 윤건희 심판의 날

– 전우원 씨의 폭탄적 폭로를 접하며

과연 신은
사랑과 평화, 진리와 정의
신의 뜻 따르는 사람을 통해 역사한다.

그 부활과 승리의 역사는
진정 하늘같이 의로운 이들에 의해
이루어진다.

쿠데타와 학살로 정권을 잡아
부정한 돈 갈퀴로 긁어모았지.

백담사 가고
사형선고까지 받았지만
사면받고 경호 받고
떵떵거리며 살았던
29만 원짜리 전두환, 전투왕.

이순자와 아들딸,
손자 손녀까지 대대손손
호의호식, 문어발 사업투자
전도사, 목사
목회자 코스프레 사기까지
국가적 국제적으로 순풍에 돛 달듯 성공할 줄 알았지.

그 원죄의 후손 전우원이
사람으로 거듭나
범죄 가족에 칼을 들어 대적한다.

예수 말씀 실천하는 순교자처럼
죄짓고 가중 누범하는
할아버지, 할머니, 아버지, 새엄마
큰아버지, 사촌, 조카들에
폭탄을 터뜨린다.

이웃을 네 몸같이 사랑하라 말씀 따라
강도 만난 5·18 희생자 이웃 되고
가진 것을 다 내려놓는 회개로
할아버지는 학살자,
사람들 피 위에 세워진 집안을 폭로한다.

검은돈, 비자금, 돈세탁, 입막음,
비밀금고, 성범죄, 마약
판도라의 상자를 터뜨린다.
법의 심판 요청하고
대중의 심판 기대한다.

시천주侍天主 민심은 참 천심이니
대중의 심판은
하늘의 심판이며
역사의 심판이다.
그 심판은 또한
윤건희 정권에 대한 심판이기도 하다.
전통全統이 정치는 잘했다 한 윤석열 대통령 되자
전투왕 가족은 환호했다 한다.
추징금 환수조치도 사라졌다.

전투왕 가족 뺨치는
주가조작, 부동산 특혜 투기, 부정 후원,
대출사기 덮어주기, 적수 죽이기, 자신들 죄 뒤집어씌우기
윤거니 정권은 전투왕 정권의 연장,
한술 더 뜨기 정권이
어찌 무사할 수 있으랴!

이제는 전두환 대신
"본·부·장·측 범죄 덮은 윤석열은 물러가라!"
"조국네 도륙, 이재명 민주 대표 죽이기 공정권 퇴진하라!"
"주가조작 허위경력 국정농단 김건희를 구속하라!"
"검찰독재 숭일매국 윤거니 윤완용 정권 타도하자!"

2023.3.17

새봄 새 나라의 꿈

– 봄혁명을 기원함

봄은 차운 겨울 장막을 뚫고 온다.
북풍한설 추위 이기고 온다.

봄은 죽음 같은 어둠을 물리치고 온다.
잿빛 뒤덮인 산과 들 넘어서 온다.

얼어붙은 대지를 비집고 푸르른 생명의 빛으로 온다.
새로운 나라 여는 혁명으로 온다.

죽은 듯 숨죽이고 있던 논밭 갈아엎으며
장차 들판을 가득 채울 신동진벼, 새일미*와 콩보리밭으로 온다.

새 나라도 그렇게 온다.
맘몬과 권세, 기득권 자리를 위해서라면
친일부역도, 종미도, 반민주, 반민족, 반공, 빨갱이 몰이, 의인 죽이기도 불사하는 세력 내몰며 온다.

제국주의 군국과,
군사독재의 잔인한 종 대장 노릇 하다가
이제는 무소불위의 권력이 된 검찰,

그들의 속임수, 그들만의 법. 공작과 조작, 불법, 불의, 불공정, 몰상식, 파렴치와 싸우며 새 나라는 온다.

---

* 공정부가 다수확종이라 퇴출한다는 벼품종

본·부·장·측 들보 같은 범죄는 다 덮거나 불기소, 무죄로 하고
민주로 정의로, 평등과 평화로, 참 애민 애족하는 위인들은 티끌까지 찾아 족치는 일방적 압도적 압수수색.
가족과 친지, 지인까지 표적수사, 별건수사 불사하는 악한들.
그 조폭보다 더한 망나니짓.
천공, 천인공노할 말 따라 용대실 차려
'세계가 주목할 큰 희생*' 이태원 참사까지 나게 하고도 무책임한.

반성 배상 없이 다께시마로, 인태전략으로 진군해 오는 일본에 협력하고 면죄부 주는 "윤완용 잘한다!" 맹목적 지지

민주 대표나 윤비판자, 촛불민중은 죽일 놈 취급하는 악마구리들 밀어내며 새 나라는 온다.

새봄은 새 세상 새로운 나라.
삼천리강산, 세상을 혁명하는 새 나라가 온다.
천지개벽하는 새봄이 온다.

2023.3.4.

※ 이 시는 한국의 주요 문학단체 시집에 실릴 예정이었다가 과격하다, 어떤 분들이 불편해한다 등의 이유로 실리지 못했습니다. 그래서 과연 이 시가 그렇게 거부당할 시인지 많은 SNS에 공개한 바, 수많은 호평이 있었고, 이런 시일수록 실려야 한다며 시 게재를 거부한 그 단체에 대한 비판이 쏟아졌습니다. 나중에 그것을 아신 당시 윤00 이사장은 그 단체 유튜브 방송에 이 시를 발표하자 하셨고, 그 편집진으로부터 이 시 게재 거부는 잘못된 것이었으며, 그 담당자가 물러났다는 말씀을 들었습니다.

---

* 천공의 말에서

개검과 학폭, 그 교육과 나라에 대하여

이름부터 배반적인 정'순신' 전 검사.
그 아들은
심각한 학폭 가해자였다.

권세 높은 검사는
뇌물을 많이 받고
3천억의 금권도 있단다.

윤석열, 한동훈 등
각별한 검사 수두룩.
잘 아는 판사, 변호사도 즐비했으니
재판하면 다 이긴다 했단다.

피해자는 두려움에 떨고
병원에 입원하고
자살 시도까지 하고
입시에도 실패했는데

가해자는 재심청구로
전학은커녕
분리조치도 안 받고
다시 전학조치 결정 나자
가처분에, 취소소송에 대법원까지
10건의 소송 진행했단다.

전학을 가서는
학폭 징계기록 삭제 받고
서울대, '철학'과씩이나 갔단다.
사람이 아닌 점수가 가는 대학이라
점수에 맞춰
인성, 적성과 거리가 먼
철학과를 간 게 아닌가?

약자 피해 학생 지켜주고
가해자 비인간 바로 잡아
사람다운 사람 기르는 게 교육인데
사람도 아닌
교육도 아닌 일들
버젓이 벌어져도
반성과 부끄럼도 없이
면피 면책에만 골몰하는
교장, 교육자, 대학 입학본부장?

정말 심각한 건,
드러난 것은
빙산의 일각이라는 것.

윤건희 검찰독재가
본·부·장·측 죄 다 덮고
이재명, 민주진영에
뒤집어씌우듯

힘 있는 학폭 가해자는
제대로 된 지도 조치 안 받고
피해자만 피눈물 나거나
환자 되게 하고
죽게까지 한다는 사실.

강남의 'ㅂ중'에서도
경찰간부 아들 가해자는 룰루랄라
피해자는 병원 신세

억울한 폭력 피해자 너무나 많다.
교육자는
학생이 아무리 잘못해도
제대로 교육 못 하고
철저한 지도 하려 하면
되려 문제 되는
교육 없는 교육현장.

그런 불량학교가 확대 재생산되고
불량국가, 폭력정부 되었다.
도륙수사, 표적수사, 조작수사,
수백 압수수색이
학폭의 정부적 조폭판
보복이고 폭력 아닌가?
수사권으로 보복하면
그게 깡패지 검사인가?
권력으로 폭력하면
그게 돼통련놈이지 대통령님인가?

2023.3.22.

윤완용 타도투쟁은 독립투쟁

– 나라의 재식민지화 저지하자!

이제는 그예
나라를 팔기까지 하는구나.
35년 일제의 침략, 강제 점령 두고
우리가 부패하고 시대에 뒤떨어져
자초한 것이라 한다.

프랑스혁명 같은
위대한 개혁으로 이어질 수 있었던
동학혁명 민중의 저력 말살한 일제에
한마디 비판도 못 한다.

수많은 의병과 독립투쟁, 3.1항쟁
이십여 년 풍찬노숙 임시정부
없었던 일처럼 하고
일제에 의한 근대화론 추종한다.

자신들 권력과 이익을 위해서라면
불법, 불의, 불공정, 거짓과 사기, 전쟁도 불사할 악마족
일제의 강제수탈, 강제동원, 강제위안부
제대로 사과받고 배상받을 생각 못 하고

당시 인간말종 친일매국부역
고관대작 호의호식자들 마냥
극구 일 극우세력 편든다.
국제법이 인정하고
대한민국 대법원이 판결한
전범국과 전범기업의
희생자 개인들에 대한 사과와 배상
무효로 해 주고
우리의 책임, 우리 기업 기금 출연
강요한다.

독일과 딴판, 보편성은커녕
거짓과 불의 가득한 극우화 일본이
보편적 가치를 추구한다며
한미일 동맹 추진한다.

한미가 적대하지 않으면
평화협정, 경제협력 할 북조선
우리 한 민족 적대하여
핵실험, 탄도미사일 실험 유발하고서
북은 주적
일은 동맹이라 한다.

우리에 대한 최악의 침략국,
진정 우리 영토 독도 빼앗으려는 야욕의 나라,
여차하면 청일전쟁 때처럼
한반도에 진군할 일본을
이해하고 허용할 수 있다 한다.

헌법상 대통령의 의무인
평화통일 노력, 국가의 독립과 영토보전의 책무
방기하고
일본 총독이라도 된 양 일 정부만 위한다.

강제동원 사과와 배상 판결 집행 시도에
적반하장 반발하여
소부장 수출 규제하고
화이트리스트 제외 적용하고 있는 일본에
지소미아GSOMIA,
서둘러 우리 정보 넘겨 주겠단다.

이미 일제를 대체한 우리 업체들 대신
일본 기업들이 소부장 장악하도록 하란다.
조공 바치듯 회담 구걸해 일본 가서
일장기에도 정중히 인사하고
관동대지진 조선인 학살 20여분 거리에서
명성황후 도륙한 해 생겨난
조선근대화론 돈까츠,
해방 후 1호 일본 장학생 아버지 따라가 먹은
추억의 오므라이스,
폭탄주 말아 한 번에 털어먹었다.

그리고
강제위안부 박통 때 합의대로 이행,
다케시마 문제 해결,
방사능 오염수 방류 이해 촉구,
멍게 등 후쿠시마 해산물 무제한 수입
온갖 청구서만 잔뜩 받아왔다.

그러고서
천공, 윤건희가 우러러 마지않는 일본에
너무 많은 것 바쳤으니
시혜를 내려 주십사
G7 불러 주시고
화이트리스트 풀어주시며
친일파 양성 장학금 확대…

천심, 하느님 말씀 따위 필요 없다, 돈으로만 산다
나라를 팔아먹어도
숭일 종미 반공 수구기득권이면 지지하는,
신민臣民 좀비 경제동물 무리들이 좋아할 만한
금은보화 몇 꾸러미 던져 주십사

그래서 돌아오느니 역사왜곡날조 교과서라.
임진왜란 때 조선인 피해 삭제
일제 강제동원 삭제
관동대지진 학살 삭제
독도는 다께시마 일본의 고유영토, 한국의 불법 점거

천인공노 윤건희 정권은
수천년 한민족의 자주독립 정신 무장해제 시킨다.

이로써 대한민국은
자주독립국가의 위상을 잃었다.
그런 한일 지지하는 미국의 입장을 보면
신 가쓰라태프트 밀약이 조장되는 게 아닌가?

굴욕적 한일 친선 강조는 내선일체의 연장
이완용 등 을사오적이
온갖 미사여구로 나라를 팔아넘기듯
윤거니, 윤완용 무리들이
자신들 동류 악마족들에
조국의 영혼 팔아넘기는 게 아닌가!

일본말 코바나こばな,
청와대 액땜 행위*등에서 보듯
일귀日鬼 모시고, 왜倭 무속 따르는 듯한
숭일 천공과 요녀, 윤정권 타도투쟁은
오늘날의 의병운동,
조국과 민족 살리는 독립투쟁.

대한민국임시정부의 법통을 이어받은
나라의 재식민화를 막고
자주 민주 정의 평등 평화,
촛불혁명의 나라 이루는 길.

2023.4.

---

* 굿모닝충청 김지영 「청와대 매화 꽃묶음, 일본 무속의 냄새가 풍긴다」 기사 참고

'빨갱이'를 애창하는 수꽹이들에 대하여
– 수꽹이 전XX 사탄목사 집회 옆에서

수꽹이는
수구 꼴통 미치광이를 합성한 신조어,그들이 애창해 마지않는
빨갱이에 대응하는 말.

수꽹이들은 '빨갱이'를 좋아한다.
천심 민심 백성 중심의 민주주의자, 정의파들을
빨갱이라 부른다.
일본보다 미국보다
한겨레의 평화, 교류, 협정, 협력 중시하는
민족주의자들도 빨갱이라 부른다.

수꽹이들의 불법 불의 불공정에 맞서
참법 정의 공정을 위해 싸우면
빨갱이라 부른다.

좌파, 종북, 종중, 반미라는 말 뒤집어 씌운다.
숭일 매국 부역의 대가로 얻은 기득권 수호를 위해
수단과 방법 가리지 않는다.
양심을 팔고 영혼을 팔고 예수도 부처도 판다.
급기야 나라도 판다.

지금은 수꽹이들이 판치는 세상.
그들의 그들에 의한 그들을 위한 나라 되었다.
그 견검과 기레기들에 의해
청와대는 용대실 되고
교회에 거리에 집회에 구킴당 SNS에
폭력적 수꽹이 소리 요란도 하다.

그들이 우리에게 "빨갱이!"라고 하면
우리는 "당신들이야말로 빨갱이!"라 하자.
왜냐고 악다구니하면
"당신이 빨갱이라 하니 빨갱이!"라 하자.
빨갱이를 애창하니 빨갱이라 하자.

'빨갱이'는 비도덕적 비인간적 존재,
짐승만도 못한 존재,
국민과 민족을 배신한 존재를 지칭하는 것처럼도 쓰였다*.
수꽹이들이 바로 그렇지 않은가!

그들이 우리보고 "빨갱이!"라 애창하면
"당신들이야말로 빨갱이요 수꽹이"라 하자.
그렇게 수꽹이들을 이겨내자.

그 악마구리떼 물리치고
민주 민족 인간, 대동세상
촛불정신의 나라 바로 세우자.

2023.4.12.

---

* 김득중, 『빨갱이의 탄생-여순사건과 반공국가의 형성』 본문 中

결국 올 것이 왔다

– 독립교육 시비 민원 사태에 즈음하여

결국 올 것이 왔다.
친일 총독이 들어서니
유관순, 윤동주, 안중근
강제동원, 강제위안부 가르쳤다고
민원이 제기 되었단다.

반일 가스라이팅한다고,
강제동원, 강제위안부 없었다,
안중근이
의사가 되기 전
동학농민군과 싸운 일로
안중근을 비난하며
교사를 가르치려 들었다.

알량한 지식과
친일 친공거니정권 정신으로
단계적 민원을 내고 있다.
민원으로 안되면
소송까지 가겠지.

학생 중심이
학생편향으로 왜곡되고
그것이
학부모 중심, 학부모편향 된 지 오래다.
학부모 민원 만능주의
교감, 교장, 교육청이
제일 두려워하는 것.
그것으로 갑질하는 학부모들 있다.

민원으로 안되면
경찰서 가고
언론에 알리고
소송까지 간다.

올바른 공부와 생활,
공정한 학폭 지도,
건강한 친환경급식교육까지
민주교육, 민족교육, 인간교육, 참교육
제대로 할라치면

정치적 중립 위반
의식화교육
아동학대 혐의로
숨어서 민원 내고

학교 측, 교육청 쩔쩔맬 때
교사가 소신 부리면
고소 고발, 언론제보
협박도 한다.

이제
일제의 동학농민 학살,
불법 한일합방,
강제동원, 강제위안부,
의병투쟁, 독립투쟁,
바른 역사 가르쳐도 민원이라니
나라와 민족이 어디로 가는 것인가!

자주독립 정신 팔아먹는
친일 매국 정권하
정의로운 여론마저 없다면
이 나라 교육은 없다.
조국의 미래는 없다.

2024.1.

도라이공 멧돼통 잡아야 나라가 산다

누가
“백년 전 역사로 무릎 꿇으라” 했나?
강제징용, 강제위안부
청춘과 인생, 인권
처참히 짓밟힌
이 땅의 하늘 같은 사람들에게
사과하고 배상하라 했지
누가 “무릎 꿇으라” 했냐고?

멧돼통 사고로는
그게 그렇게 여겨지나 보네.
희생자들의 심정은 알 바 없고
토왜 숭일 매국노로서는
악마족 일 극우세력 심정
십분 백분 공감되나 보네.

그리고
무슨 ‘백년 전’인가
70여 년 전이겠지.
일제의 만행이
1920년대에 끝나기라도 했단 말인가?
이 돼먹지 않은 멧돼통아!

그 망발대로
백년 전 끝난 일에
왜 프랑스 독일 등 유럽은
매국 기레기 언론 처단하고
지금도 부역자 단죄하며
희생자 무덤에
무릎 꿇곤 하는가?

백년 전 전쟁했어도
협력하고 있다는 유럽 이야기
왜 꺼내는가?
우리가 일본과 백년 전
유럽처럼 전쟁이라도 했단 말인가?
그때 우리는 일제와 전쟁을 한 게 아니라
그들의 침략에 의한 식민시대 아니었던가?

친일부역 매국하는 너희 조상들
밀고와 체포, 고문, 살해에 굴하지 않고
독립투쟁 했을 뿐
유럽처럼 전쟁은 못 했다.

비교하려면
미국의 남북전쟁을 말하라.
그때 남북이 서로
죽어라 싸웠지만
화합하고 협력하여
아메리카합중국 되지 않았던가?

백년이 가까워지는 70여 년 전
한민족이 남북으로 갈라지고
전쟁을 했을지언정
우리도 미국처럼
화합하고 협력하고
통일의 길 갈 수 있지 않은가?

선제타격, 전쟁불사,
한 푼의 지원도 말라,
핵공격 유발 자극?,
그에 대한 미국의 보복대책 구걸,
북핵 전쟁 대비
일 자위대 한반도 진출 용인
한미일 동맹 강화

모조리
나라의 혼 역사 팔아먹고
한겨레 망해 먹을
x소리, x짓거리만 해대는 멧돼통
끌어내리고 잡아 들여야
나라가 산다
민족이 산다.
우리 모두가 산다.

2023.4.25.

구렁이 시대 종식을 위하여

– 윤건희정권 1주년에

1
공구렁이
걸구렁이
한똥구렁이
상민구렁이
구렁이 능구렁이 떼구렁이

문 정부의 '퇴비 속에서 부화, 성장하여
보복'하는 구렁이.
적수로 여겨지는 사람들
제물로 바쳐지고,
수많은 사람들 죽임을 당하게 하는
무서운 전설적 구렁이들의 현현.

이 땅을 지금
구렁이들이 지배한다.
징그러운 구렁이
멧돼지스런 구렁이
요괴스런 구렁이
악마스런
악랄한 구렁이

구렁이 본부 용대실
구렁이 본산지 구김땅
선하고 의로운 촛불, 노동자, 민중
모이는 곳마다 몰려와
독 오른 혓바닥 놀려대는
좀비구렁이들까지.

2
하필 리利입니까? 맹자 말씀 무색하게
본·부·장·측 구렁이들과
그 충견들의 이익만 노린다.
그들의 권력
그들의 지위
그들의 돈을 위해
조폭 개검, 기레기떼
앞다퉈 우짖는다.

국민을 내세우지만 국민은 적이고
국익을 말하지만
국익은커녕 국해國害일 뿐
굴욕과 매국과 망국화일 뿐.
강조한 것마다 거짓이고
속임수다.

공정과 상식,
헌법과 법률,
무엇보다 자유, 자유, 자유민주,

최악의 불공정 몰상식
위헌과 불법
구렁이 자신만의 자유에 의한
모든 정당한 자유 부정하는 반자유. 반민주

1년 12달 365일
사고를 안 치면
그 혀에 가시가 돋는 것인가?
사건으로 사건을 깔아뭉개고
그 문제들 열거조차 할 수 없게 한다.

퇴진, 탄핵 사유 차고 넘친다.
국가폭력에 의한 국민학살 외에는
이승만, 박정희, 전두환,
이명박근혜 합체 괴물.
새로운 일년에
재앙스런 만행, 망국화 행각
얼마나 더 악화시키게 둘 것인가!

나라와 겨레, 만방 위한
구렁이 퇴치 절박하여라.

2023.5.10.~19.

우리의 참 승리를 위하여

– 잔적殘賊은 퇴치할 잔적일 뿐이다

지금 이 땅에
악인들이 관영하여
악이 승리한 것 같지만
그건 참 승리가 아니다.

지금 악랄한 비인간非人間 무리들이
권세를 휘둘러
승승장구 승리한 것 같지만
그건 진정한 승리가 아니다.

이미 저들은 패배하고 있다.
반민주 반민족 반헌법 반민생
불법 불의 불공정으로 실패하고 있다.

무법한 조폭 검찰의 망나니 횡포와
적반하장 파렴치 거짓 사기 왜곡
가려주고 덮어주고 마사지해 주는
기레기 언론으로
적들은 이미 멸망의 길 가고 있다.

히틀러를 보라.
한때 위대한 승리자인 것 같았지만
그는 그때 이미 전범이었고 학살자였다.
역사적으로 그것이 명확히 밝혀졌지 않은가!
영원한 역사적 지옥의 심판을 벗어나지 못한다.

이승만, 박정희, 전두환, 이명박근혜
반민주 반국민 반민족 반공의 보도를 휘두르는
친일부역 세력과 수구기득권 세력에 힘입어
얼마간,
또는 무려 18년씩이나 권세를 누렸을지라도
그들은 벌써 그때
배반자, 학살자, 독재자, 비리범죄, 국정농단자들이었다.

4·19혁명으로 쫓겨나고
부하의 총에 맞고
죽은 뒤라도
손자로부터 학살자로 만천하에 규정되고
촛불혁명으로 탄핵되고 구속되지 않았는가?

아직 더러운 몰골로 살아있는 자도 진즉에 죽은 자이다.
그의 영혼은 이미 지옥불에 불타고 있다.

정의파 검사로 대국민 사기 쳐
총장 된 후 반란하고
악령의 도움받아 대권까지 잡았지만
그는 나날이 잔적殘賊*일 뿐이다.
'잔적을 처단한 것은 왕을 처단한 것이 아니라
잔적을 처단했을 뿐이다.**'

---

* 인의仁義가 없는 잔악한 도적

** 맹자의 역성혁명론 참조

그는 진정 승리자가 아니다.
헌법과 법률로
헌법과 법률을 파괴하고
공정과 상식으로
공정과 상식을 파괴하며
자유를 내세워
자유를 파괴하는 자.
숭일 종미로 외교와 경제를 파괴하고
종전선언, 평화협정 주장을
반국가세력으로 말하는 반국가세력의 우두머리.

민주공화국 대한민국을 망치고
5천년 역사의 한겨레를 적대시하여
전쟁을 불사하려는 자.

과학조차 오염시킨 괴담으로
핵오염수 허용하여
한반도와 지구까지 오염시키려는 자.

그는 이미 승리자이기는커녕
역사적 패배자이다.
사람다운 사람도 아니고
국민도 시민도 아니며
연산군보다 더한 윤산군일 뿐이다.
사악하고 포악한 룬걸희 '조폭마누라' 정권일 뿐이다.

의로운 우리 촛불은
그와, 그 무리들을 심판하고 있다.
우리는 벌써 정의로운 승리자이다.

우리가 지금 고통을 겪고 탄압을 받을지라도
그것이 참 구원의 삶이기에
우리는 참으로 승리하고 있다.
역사와 영원성이 그것을 증명할 것이다.

2023.7.1.

재일동포 3세 한기덕님 말씀

– 지금 대통령이 부끄럽다. 제발 끌어내려 달라

후쿠시마 핵오염수 방류 저지
한일시민 도보행진 하느라
일본에 간 날 만난 분

재일교포가 아니라
재일동포라 해야 한다는
재일동포 3세 한기덕 님

'대마도 농사꾼 한기덕'이라고
한글로 새긴 명함 당당히 건넨다.
촛불~정영훈 새겨진 명함 받자마자
가슴에 쌓인 말 쏟아 내신다.

"대통령 윤석열이 부끄럽다.
문재인 별로 안 좋아하는데
대통령으로서 부끄럽지는 않았다.
국제적으로 내놔서 부끄럽지 않았다.

제발 부탁이다. 윤석열 좀 끌어 내려 달라.
김건희는 더 하다.
여태까지의 경력 다 위조했다는 거
모르는 사람 어디 있겠어요.
어느 나라 가도 기사가 나와요.

윤석열뿐만 아니라 김건희 때문에
나 같은 해외동포들 챙피해서 다 죽겠다.
김건희부터 감옥으로 보내 달라.
밖에 좀 못 나가게 해야 한다.

일본이나 한국, 해외 계시는 분들이
김건희의 도이치모터스 주가 조작
왜 소환조사도 안 하고
체포 안 하고 뭐하고 있냐고
다들 난리다.
다른 사람들 유죄 판결받는데 말도 안 돼.

빨리 끌어내려 달라. 정말 부탁이야.
나도 그런 운동을 한다.
나도 촛불 때문에 몇 번 갔어.
서울 세 번, 부산 한 번
촛불 때문에 갔어.

왜?
이번 기회를 놓치면
우리나라 민주주의가 죽어버린다 생각해서 나도 갔어.
우리 재일동포들, 저희 친구들도 몇몇 다 갔다 왔어요.
일본인들도.

이번에도 한국에서 박근혜처럼
윤석열 퇴진시킨다 하면
난 광화문에 가요.
우리나라가 더 이상 부끄럽지 않기 바란다."

2023.7.18.

1,600km 도보대장정으로 핵오염수 투기 막아내자

– 우리의 바다를 지키기 위해 바다를 건너다.

1

핵오염수 머금고 있을 일본 앞바다는
똥물처럼 더러워 보이기는커녕
여느 바다처럼 푸르러 보인다.
후쿠시마 방사능 오염수도
청정해 보일 것이다.
그렇다고 그 물을
맑은 물이라 하면 되겠는가?

후쿠시마 핵폐수는 알프스로 처리되어
마실 수 있을 만큼 좋은 물이라 한다.
그렇다면 그렇게 잘 처리된 물
왜 자기 땅에서 안 쓰고
지구촌 삶의 터전 바다에 버리려는가?

눈 가리고 아웅 하듯
엉터리 사기 거액 용역업체 IAEA 내세워
인류와의 소리 없는 전쟁
실험해 보겠다는 것인가?

침략국 전범국가 아니랄까 봐
위험천만한 핵폐수 투기 전쟁
벌여 보겠다는 것인가?

선상 손님 주의사항 등에도
“바다에 투기를 금지시킨 물품을
바다에 투기하는 일”,
온갖 쓰레기 플라스틱 투기
금지되어 있다.
하물며 방사능 녹아든 핵폐수 투기
허용될 수 있는 것인가?

어디에도
누구에게도
어느 나라에도
감히 그런 범죄
용인되지 않는다.

2
수없이 침략을 당하고
강제동원, 강제성노예 피해
식민지 수탈 후라도
진정 어린 사과 보상
모조리 면제해버린

가장 가까운 인접국으로서
가장 큰 피해가 우려됨에도
그 핵폐수 방류 수용해버리는 자는
한국의 대통령이 아니라
일제의 총독,

천하의 매국노 반역자,
선량한 우리 국민들께는
잔인하고 인의 없는 비인간
도적일 뿐, 잔적일 뿐이다.

3
'방사능오염수 방류중지 한일시민도보행진단'
서울 광화문 이순신 동상 앞에서 출발하여
도보로 도쿄까지 걸으며
핵오염수 방류 반대 운동을 벌인다.
1,600KM, 86일, 2달 26일간의
대장정 투쟁.

시모노세키, 오즈키, 우베, 도쿠야마, 긴메이지,
지날 때마다
양심 있는 일본인, 재일동포들은
한국의 친일종족주의, 토착왜구들보다
열 배 백 배
일제시대 조선의 고통을 이해하고
민주공화국 대한민국을 위하는
행진과 지원, 응원 아끼지 않는다.

중국 국영통신사 신화사新華社가 말하듯
"국제법을 어기며 천하의 사람들을 등지게 하고
새로운 인위적 핵재앙을 일으키는 일본 정부에
반드시 책임을 물어 대가를 치르게 "하리라.

2023. 7. 24.

마늘 한 망을 까며

– 윤석열에 의한 신식민의 광복절에

우강* 장모님이 애써 길러낸
매일 먹어도 백일은 족히 먹을
한 망의 마늘

평소 손도 못 대고 있다가
광복절 쉬는 날
마눌님과 함께
마늘님 모신다.

농사도 어렵지만,
뿌리 자르고
대여섯 조각으로 나누고
물에 담가 박박 문질러
쉬 안까지는 껍질 까기 한 망
한없다.

5천년 전
곰족 여인이 쑥과 함께 먹어
새사람 되고
민족의 개천開天, 개국開國의 시조始祖
단군왕을 낳게 한 마늘.
당시 최고의 건강식품이었을 마늘을 잘 먹은 곰족 이야기
나라의 빛 다시 찾은 날에 종일 붙드니
그 의미 더욱 새롭다.

---

*　충남 당진시 우강면

그러나 방송에서는
대통령이라는 자가
독립운동은 개국운동 운운하며
광복절을 식민절로 짓밟고 있었다.

민족국가의 개국 오래고
윤완용 같은 이완용 따위가
악랄한 일제에
나라의 주권을 넘겨
조상들은 그 님 되찾기 위해
몸부림치지 않았던가!

자랑스런 민족국가 민주공화국 세우려
대한민국 임시정부 만들고
수많은 의로운 선조들 목숨 바쳐
독립투쟁 했건만

그것이
그 파렴치한 윤석열식
'자유'민주주의 위한 것이었다고?
광복절은 개국절?

회개를 모르는 악마족 일 극우가
보편적 가치를 공유하고
한민족 북한을 때려잡아 줄 동맹국이라?

반헌법 반민족 반민주 반공화국
불법 불의 불공정 행태
반대하거나 퇴진투쟁 한다 하여
반국가사범?
민주 인권운동가로 위장한 반국가세력이라고?

적반하장도 유분수지
지금 대한민국에 윤건희와 장모,
한똥균과 그 수하
수많은 친일종족주의 무리들만 한
반국가세력이 또 있을까?

총선이 다가오기 전
일제의 핵오염수 방류도
서둘러달라는 자들.

결국 대통령실이 핵오염수 미화 광고까지 하고
독도가 포함된 조선해, 동해를
일본해로 허용하며
일 자위대 받드는
토왜 이등방문 되어
일 정부보다 더 숭일부역하는 자들.

단군과 개천, 개국이 연상된
마늘 한 망 깐 광복절에
망나니 망국화 멧돼통은
신 식민 선언 경축사 날렸다.
새로운 안중근, 윤봉길 의사 사무친다.

2023.8.15.

이제 역사까지 죽이려 드는구나!

– 퇴진만이 살길이다

나라의 기강과 정의를 바로 세워야 할
검찰을 장악하여
민주공화국 대한민국을 무너뜨리더니
이제는 역사까지
죽이려 드는구나.

일제침략, 일제강점기
사람다운 사람으로서
오로지 애국애족 정신으로
목숨 걸고,
모든 걸 바쳐
독립투쟁, 독립전쟁에 나섰던
위대한 순국선열들을

일개 필부도 못 되는 도적이,
사람도 아닌 잔적이
감히 능멸을 하는구나!
그 시대 야수보다 못한 토왜로서
독립군 때려잡아
호가호위했던 야차들처럼

역사 속에 다시 살아서
독립정신 민족정신 일깨우는 위인들 죽여
나라를 다시 일제에 갖다 바치려는
이완용보다 더한 윤완용.
이등방문과도 다른,
스스로 일제 총독 자처하는 멧돼통!

이회영, 홍범도, 김좌진, 이범석, 지청천,
독립전쟁의 요람 신흥무관학교를 만든
청사에 빛나는 무장투쟁의 영웅들
모조리 숙청하려다
역풍 불고 불리하니 영악하게
홍범도 장군이라도 부관참시하려 한다.

대한민국 임시정부하
대한민국의 근간이 된 분들을
역사에서도 몰아내고
백선엽 같은 친일부역
해방 후 반공 반북 전공 군인들로
그 자리를 대신하게 하려다

자신들 친일 본색 드러나
정권 유지에 불리할까 봐
홍범도 장군만 타격 삼겠단다.

그 시기
미국과 연합국이었던 소련,
우리 민족
척박한 독립투쟁의 토대가 되었던 나라
말년에 생계 위해
그 일원이 되었다 하여
그게 장군의 위대한 공적을 부정할 근거가 될 수 있는가?

소련군의 우려와 횡포에 의한
독립군끼리의 자유시 참변이야
규탄해 마지않지만
홍범도 장군이 거기 동조했을 리가 있는가?

참변을 피하기 위해
의심 많은 소련군의 요구대로
일단 무장해제 하자는 입장 가졌다하여
그게 이제 와서
당시 존재하지도 않았던 북한 공산주의
편든 게 될 수 있는가?

그랬다면 그때 동지들로부터,
역사가
그를 그렇게 높이 평가할 수 있었겠는가?
그랬다면
박정희조차 노태우, 김영삼, 박근혜, 문재인 대통령,
대다수 국민들의 열화와 같은 지지로
서훈 주고, 유해를 모셔올 수 있었겠는가?

당시 잔인무도한 일본군과 전쟁 중
미국 영국 프랑스와 연합군이었던 소련과
우리 의로운 선조들이 적대했어야 하는가?
그러면 그거야말로 친일부역, 반미가 되는 것 아닌가!

대한민국 대법원의 강제동원 배상 판결 부정
일본해, 욱일기, 일 독도 훈련 허용,
후쿠시마 핵 오염수 방류 적극 지지
어느 하나 매국 매족 망국화 아닌 게 없다.

이건 반역이며
역사에서조차
민족 독립정신을 말살하려는 것이다.
일 극우 등의 음모와 지원을 받지 않았나 의심받는 윤정권이
일본에 나라를 바치려는 것이 아니기를
한일합방, 내선일체의 길
서둘러 달려가는 것이 아니기를

더 이상 무얼 바라고
공정권의 역사와 현재의 반역을 묵인하려는가?
이 시대 독립투쟁
탄핵 추진, 타도투쟁만이
나라 지키는 애국애족
우리의 살길이다.

2023.8.30.

이제야말로 범국민 촛불 항쟁이다!

이제는 국민항쟁이다.
더 이상 얼마나 더 망가져야 하는가!
더 이상 무엇을 더 주저할 것이 있는가!

윤석열은 총장 때 이미
파면되었어야 할 반란이었다.
친일매국 수구기득권 세력과
민주 정의 민중 배신한 '심상'치 않은 '낙엽'들,
일부 의심스런 일·미 극우 첩자들 도움 더 해
대통령 된 그는
청와대 거부, 국방부 점령 때부터
당선무효였다.

본·부·장·측 불법과 부정, 불공정은
철저히 덮고
이재명 죽이기,
문재인 정부 인사 내몰기 일삼다

감사원, 경찰, 권익위, 금감원,
어느 하나 남김없이 종속화시켰다.
군대까지 국방부까지
기레기, 많은 언론사까지
사법부, 대법원까지
장악하고 깔아뭉갰다.

강제징용 문제
일본해 문제, 독도 문제
자위대 하부화下部化 문제
어느 하나
바르게 당당하게 하지 못하고

급기야 일본의 핵 오염수를
우리 한반도와 지구촌의 바다에
뿌리게 하여
어민들 삶, 지구촌 생태계
망가뜨리고 있다.

하다 하다 이제는
역사까지 말살하려 한다.
애국애족 독립투쟁, 전쟁 영웅들을
독립군 토벌자들로 하여금
심판하게 한다.
사상검증의 악명
일제 순사를 대신하고 있다.

어디 성한 데가 있는가?
경제 파탄, 정치 파탄, 외교파탄, 남북관계 파탄,
망나니 망국화 정권 물리치지 않으면
전쟁으로 멸망이다.

이제는 국민항쟁이다.

이제야말로 범국민 촛불 항쟁이다.

2023.8.31.

불사조 이재명!

– 구속영장 기각에 부쳐

개천에서 용 난다는 옛말의 현현인가.
소년공 검정고시 출신 변호사
시장 되고
경기도지사 되었다.

수난의 세월 지나
대통령 후보 되고
거의 대통령 될 수 있었다.

적들의 부정, 불공정, 속임수
내부 분열 24만 아니었으면
공정권을 대신했을 것이다.

그래서인가!
의로운 이재명에 비해 악당,
사탄이며 비인간 무리들
룬공, 한똥, 쥴리인거니,
이재명 죽이기 혈안이다.

24일,
목숨이 위험할 수도 있는 단식 투쟁
그 단식마저 조롱하고
폄훼하는 사악한 자들 판에
기나긴 표적수사.

공이 좋아하는 기네스북에 오를 만한
근 400회의 압수수색
수십 수백 검사, 수사관 달라붙어
2년 세월 탈탈탈
먼지까지 털어 만들어낸 죄
편집증적 조작 공작
위헌 불법 아니고 무엇이랴!

독재권력 망나니 검권 앞세워
체포동의안 통과, 구속영장 청구
합법을 가장한 폭력, 직권남용
아니면 무엇이랴!

그 사나운 승냥이떼에 안 물리고
무사하기 얼마나 어려운가!
체포동의안 가결했을망정
161명 민주당 의원,
90만 시민 탄원서.
백만 천만 지지자들은
법원 앞 구치소 앞에서,
집에서라도 베드로처럼
잠 못 자고 촛불기도 간절하였다.

우리는 모두 이재명이다.
이재명에 대한 탄압은
절반 넘는 국민에 대한 탄압이다.
국민에 대한 압수수색이며
체포동의안이고 구속영장이다.

민주 민족 정의 평등 평화이면
역사조차 죽이려 드는
친일종족주의자들 정권에서도
사필귀정의 기적은 이루어지는 것인가?

그렇다.
기적적 기각은 새벽처럼 왔다.
"혐의 다툼의 여지 있다!
증거인멸 개입 단정 어렵다!
방어권 배척될 정도의 구속 필요성 없다!"

월드컵 경기 새벽 골인처럼
신새벽 천지에
박수와 함성 진동한다.

추석 대명절 밥상도 못 차릴 뻔한 사경死境을
환호와 희망으로 부활시킨
의롭고 용기 있는 유창훈 판사
역사에 남으리라!

이제는 이재명의 시간.
정의로운 승리의 시간.
망나니 칼춤
검찰독재의 아성이 흔들린다.

"법원의 오늘 결정은 오점으로 기록될" 거라는
구킴세력들이야말로
오점으로 기록될 것이다.

이제 다시 촛불혁명의 시간.
매국 망나니 망국화 정권 몰아내고
민주 정의 평등 평화 체제
탈환할 시간.
국민 대중 민중 시민
고루 잘 살고 행복한
대동세상 향해 갈 시간.

2023.9.27.

제2 촛불혁명의 서광
– 강서구청장 선거결과에 부쳐

문 정권 아량으로
청와대에 온존시킨 김태우

무단히
조국 죽이기 도움된 덕에
공정권 출범 후
구청장까지 되었다.

대법원에서까지
유죄확정 판결 나
금치산 된 그를 사면하여
다시 보궐 선거에 출마시킨 공.

자신이 무속에 의존
운 좋게 간신히라도 대통령 되었듯
김태우도 재선출 될 수 있으리라
포부도 좋았다.

그렇게만 되면
30%대 지지율
수도권 회의론 뒤집고
기세등등 총선 대승 노렸다.

지도부 총출동
대통령과 핫라인
지역개발 이익 내걸었다.

범민주진영으로서는 사활의 문제.
민주 정의 평등 평화
촛불체제 불씨를 살리기 위해
사력을 다했다.

56.52% : 39.37%
17.15% 차 승리!
대승, 압승이다.
윤석열과 국힘당,
김건희와 한동훈 검찰 무리에
참패를 안겼다.

그래도 그들은
회개는커녕 반성조차 모른다.
대통령과 무관한
민주당에 유리한 지역 선거일 뿐이라고
서둘러 격하한다.

그리고 곧바로
이재명 분리 기소,
김혜경 여사까지
수사전담팀 재구성.
김병욱 의원네 압수수색,

밀릴세라 질세라
망나니 칼자루
더 한층 휘둘러댄다.

윤통 만들어준 미스테리한
197만 미분류표 편향분류에도*
전산개표 해킹, 조작 가능 운운
사전투표 금지, 선관위 장악 조작
획책 의도 보인다.

곰은 사람이 될 수 있어도
악마가 사람 될 수 없다.
오직 퇴치와 타도, 탄핵
선거승리가 있을 뿐이다.

---

* 참고:'대선 24 만표와 미분류 표 미스테리(유튜브)' 윤석열이 24만 표를 더 얻어 승리한 것이 미스테리한데, 윤석열은 오히려 선관위가 큰 표차로 자신을 이기게 하지 않게 했다고 음모론적 부정선거론으로 친위 쿠데타를 획책했다.

10% 20% 앞서야 확실히 이긴다.
그렇게 이제 다시 희망이다.
범 민주진영 단결하고 연대하면
이길 수 있다.

선거에서 이기면
탄핵할 수 있다.
제2의 촛불혁명 이룰 수 있다.

2023.10.12.

윤석열이 속으로 말하는 불량교훈

윤석열은 스스로
민주진보 진영의 분열 덕분에
대통령이 되었다고 말한다.

윤석열은,
그가 대통령이 되어도 상관없다는
이른바 진보파들에 힘입어
대통령이 될 수 있었다고
힘주어 말한다.

민주당 이재명이 되느니
윤석열이 되는 게 낫다는
얼치기 이념주의 무리들 덕에
대통령 되었다고 일갈한다.

자신의 속임수와 반란을 제압하지 못한
문통 덕도 크지만,
윤석열보다 문통이 나쁘다,
문통이 일부러 윤통 만들었다는 갈라치기에
힘입었다 떠벌인다.

문재인이 아니고 이재명이라도
민주당 대통령 또 세워봐야 달라질 것 없다는
진보입네 하는 이들 덕택에
왕이 될 수 있었다 웅변한다.

그리하여
거짓과 속임수
불의 불공정 몰상식으로 시작하여
친일 종미 매국 반공
반민주 반민족 반평화 반역사 반노동
망나니 검찰독재의 칼날
마구 휘두르고
끝까지 찔러대는
조폭보다 더한
조폭정권 될 수 있었다 역설한다.

범민주진보노동 세력은
이제 다시 촛불을 들거나
깃발을 들고
윤석열 심판, 퇴진, 탄핵에 나서야 한다.

자신들이 잉태하고 출산한 책임 있는 이들도
악마 같은 귀태 퇴치에
뒤늦게라도 나서야 한다.

그러나 여전히 그들 중에는
범민주 진보 촛불 대중과 민중
구분하고 차별하고 배타하고 분열한다.
대동단결 대동투쟁 대동승리 가로막는다.

그들은 그걸 의도하는지도 모른다.
그런 이들이 8, 90만은 된다.
그 8, 90만은 정권 창출은 못 해도
망국적 수구 진영과 미필적으로 손잡고
공걸희한 독재정권을 낳는다.
그 정권 몰아내는 힘도 분열시키고
온존 시킨다.

수박뿐 아니라
범민주진보진영의 가라지도
민주공화와 수구독재,
정의와 불의,
어디에 도움될지 따져서
껍데기와 쭉정이
까불어져야 할 것이 아닌가!

2023.10.13.

시대적 역사적 바보와 촛불

– 바보의 개념 바로 세우기

윤모는 틈만 나면
술 마시고 당구 치고 놀았다네.
먼저
사람이 되는 공부 전혀 안 하고
민주시민 공부 제대로 할 리 없고
민족의식 따위 기를 필요도 없었다네.
시험공부, 9년간의 고시공부 외
독서하고 탐구할 시간 따위 없었다네.

얼마 전부턴가
진리와 정의를 배우는 학생들,
기성세대보다 의로워야 할 젊은이들 다수는
틈만 나면,
게임하고 오락영상 보고
시험공부, 점수공부 외
독서하고 사유할
마음도 시간도 없다네.

그렇게 그들은
시대적 역사적 바보가 된다네.
정치 사회,
남북 민족과 세계
참 민주주의와 정의,
공존공영의 길 모른다네.

사람이면 그냥 사람이거나
지위나 경제 수준으로
개돼지 취급할 뿐
사람다운 사람을 모른다네.

개중
기능적 지능적으로
점수공부, 시험에 능한 이들
개검 개판 되고
기레기 기자 되고
돈만 아는 의사도 된다네.

그들은 일제시대
친일매국 앞잡이들처럼
악하고 힘센 세력을 좇는다네.

수단과 방법을 가리지 않고
최대한 높은 자리에 올라
자신들만 잘 먹고 잘 살려 한다네.

대국민 사기극으로
검찰총장도 되고
대통령도 된다네.
바보들이 많아서
그들 다수의 힘으로
그렇게 된다네.
그리하여 바보 나라
바보들의 천국
반민주, 반민족
불법 불의 불공정
망나니 망국화 나라의 길 간다네.

민주 민족의식,
정의감과 양심 있는 이들은
촛불을 들고
그 바보들이 싸질러 놓은
똥을 치우느라 죽어나네.

역사는 이렇게
시대적 역사적 바보들과
의로운 촛불들의 싸움이라네.

현실에서는
영악한 바보들이 이기는 것 같지만
그 바보들은 결국
역사적 심판을 받는다네.

당장의 현실에서는
영악하지 못한 촛불들이
바보처럼 지는 것 같지만
그들이야말로 현명한 참삶, 구원을 살고
역사적으로 끝내 승리한다네.

2023.11.6.

가을, 무르익은 혁명의 때
– 겨울로 간 가을을 되새김

봄 여름 무르익은 사랑이
불그스름 열매 맺는 계절.

찬바람 일찍 부는 북에서부터 내려오지만
어딘들 제 나름으로 피어나는 결실

영동의 우거진 수풀 알록달록 타오르고
영남땅, 남도땅, 제주도까지
노랑빛 빨강빛 상록빛으로
대지를 온통 바꿔 놓는다, 혁명을 한다.

산하는 이리도 아름다운 결실을 맺고
찬란한 혁명을 하건만
나라는 대한검국檢國.
멧돼지왕, 멧돼지떼 온 나라 민가에 출몰하여 짓밟는다.
삶의 터전도
잘 자란 곡식도
들판에 곧게 살아가는 초목도
개판, 저猪*판이 된다.

---

*　猪: 멧돼지 저. 저돌猪突이 여기서 나옴.

이제는 용기 낸 사람들이
멧돼지 몰아낼 때.
모든 멧돼지
사람 사는 땅에서 내쫓고
살기 좋은 세상 만들 때.
가을과 함께
가을을 따라
온 세상 의로운 시민들 나서
촛불로 횃불로
온누리 혁명할 때.

2023.10.29.

조병갑보다 더한 윤병갑 효수를 위하여

동학 탐방 함께 간 동지들이 말하기를
조선말의 병신육갑 조병갑 있었다면
오늘날 그보다 더한 병신육갑 윤병갑 있다 하네.

조병갑은 거액의 뇌물로,
겉으로는 합법적으로
곡창지대 고부군수의 자리를 샀고,

윤병갑은 정의로운 검찰 행세,
대국민 대문통 사기극과 반란으로,
외양상 합법적으로
대한민국 정권을 잡았네.

조가는
일제강점기 다가올 때
영의정 조두순의 서庶 조카,
태인군수 조규순을 아버지로 두어
출세를 했고,

윤가는
한일협정 후 친일시대
첫 일본 장학생 출신 교수를
아버지로 두어 9수나 해서
후일 신일본 총독쯤 되었지.

조가 놈은
죄 없는 사람들 잡아들여
돈과 쌀 뜯어내고
만석보 아래 새 만석보 세워
살인적 세금 징수,
항의하는 전창혁 어른 등 때려죽였네.

윤가 놈은
죄 많은 재벌 세금 깎아주며
뒷돈 챙기지 않을까.
건희 쪽으로 각종 이권 챙기게 하더니
처가 쪽 땅으로
고속도로까지 휘게 하다니.
죄 없는 서민들 세금 늘리고

도륙하듯 법칼로 먼지까지 털어
검찰개혁 조국,
대동세상 이재명과 주변,
사돈네 팔촌까지
수년간 잡아 족쳐 여럿 죽게 하네.

전봉준 장군 사발통문 결의
첫 번째 격문이
조병갑 효수였네.

윤가에 대한
민중의 첫 명령은
퇴진과 탄핵,
윤에 대한 정치적 효수라네.
조가 놈은 잘도 도망쳐
유배되었다가
경복궁 점령한 친일내각에 의해 사면되었지.
이후 고등재판관 되어
최시형 선생께 사형선고까지 내리고
천수를 누렸다지만

그 사형선고는 기실
자기 자신에 대한
역사 속 영세불망 지옥에로의
사형이고 효수였네.

윤가가 지금
망나니 개검의 칼날과
총칼보다 힘이 센 펜의 힘까지 강압하여
폭정을 지속하고자 하나
조가보다 더한 그는 결국
정치적 효수를 면치 못할 것이네.

동학혁명의 기운이 백년을 넘어
제2의 촛불혁명에 이르렀으니
효수의 날은 멀지 않았네.

일찍이
역사의 심판, 영원한 지옥불이
두 팔 벌려 그를 기다리고 있다네.

2023.11.21.

사기와 독재가 통하지 않는 세계
– 엑스포 참패 유감

친일과 종미, 반공과 수구
이기적 욕심들이 모여 있는
제법 큰 우물 안 개구리떼들 속이고 을러
우물 밖 하늘 같은 사람들 이겨 먹고

천공, 건진, 무정, 전모,
웬만한 무속인보다 용하다는 건희 등
악령의 도움 받아
대통령까지 된 자

아메리카합중국으로
중국을 때리고
우리 조상 수십만 동학군 학살
조선을 식민지화할 만큼 무자비한 악마군
2차 대전의 한 주역 대일본 받들면
세계도 역사도 알아 모셔 줄 줄 알았나?

부산엑스포는 떼 놓은 당상으로 여겼는지
부지런히 숟가락 얹어
자신의 공이 되게 하고자
수백억 순방비, 수천억 활동비
국민 세금 써가며
기네스북에 올린다 할 만큼 부산하게
윤건희 공동 대통왕 해외나들이 다니며
유치를 자신하더라.
전 정부에서 애써 받아놓은
잼버리 대회를 망치고
거액 들인 PPT는 졸작,

정상들과 소통 못 하고 비호감이라도
해외 나갈 때마다 퍼주기 해서
형식적으로나마 국빈 대우받으니
부산엑스포는 유치되는 것인가?

아니나 다를까
119대 29
참패가 아닌가?
국민들 희망고문
참담하지 않은가?
과포장 유치 행각치고는
너무 유치하지 않은가!

우물 안 개구리떼 벗어난 세계는
윤건희한*들의 사기에 넘어가지 않는다.
개검언권력의 통제와 독재도 통하지 않는다.

더구나 우물 밖 세상과 하늘 넘어
긴 세월 거름망 역사에서
사기와 독재는 심판받고
영원한 역사의 지옥불에 던져지리라.

2023.12.1.

---

* 윤석열, 김건희, 한동훈

악마는 따로 없다

– 십이십이 〈서울의 봄〉을 보고

악마는 따로 없다.
악마는 허공이나 하늘 어딘가 따로 있지 않고
바로 이 세상에 있다.
세상 사람 중 악마가 있다.
사람 중 사람 아닌 악마가 있다.

1
'전두광*' 자신과
하나회 권력을 위해,
권력에 따른 황금을 위해
그들은 합법을 가장한 불법을 서슴지 않았다.
대통령 재가 없이
반란으로 참모총장 끌고 가
사후 결재받아 냈다.

사람으로서
군인으로서
장군이나 장교로서 할 수 없는

---

* 유튜브 채널 '디글'의 〈서울의 봄 | #알쓸범잡2〉 영상 참고

사람다운 사람,
군인다운 군인을 향한 총질과 사살
그토록 내세우는 적의 침략 가능성 무시하고
지옥 같은 쿠데타 위해
중무장한 전방의 공수부대까지
끌고 내려왔다.
그런데도 참 바보처럼 산 최규하 대통령
노xx 국방장관이란 자,
불법 불의한 무장세력에 굴복하여,
민주공화국 참 애국자로서
의로운 진압에 나선
그 위대한 이름 길이 남을
장태완 장군 해임하고
항명죄 운운으로 무력화했다.

악마들은 결국 무소불위의 권력을 넘겨받았다.
그 악마 대통령 되고자
서울의 봄 짓밟아
얼마나 많은 정치지도자,
죄 없는 국민 희생 시켰던가!

악마는 따로 없다.
이들이 악마가 아니면
어디 악마가 따로 있을 것인가?

2

윤두광* 본·부·장·가·측과
수구정치검찰의 권력을 위해,
권력에 따른 명품 금품을 위해
그들은 합법을 가장한 불법을 서슴지 않았다.

대통령 인사권에 맞서
반란하여 조국 장관네 족치고
추장군까지 그만두게 했다.
양철통, 노둔민, 이낙엽에 문통까지
악마 같은 멧돼통길 열어 주었다.

사람으로서,
검찰, 총장, 대통령으로서 할 수 없는

사람다운 사람
의로운 천명天明을 겨냥한 살인적 수사
그토록 내세우는 공정, 정의, 상식?
그건 단지 대국민 사기극일 뿐,

---

* 유튜브 채널 MBCNEWS의 「외신기자들 "매우 위험하다", "독재정권 떠올라" 지적 (2022.10.04/뉴스데스크)」

쿠데타 정권 위한
수백 번 압수수색, 사돈네 팔촌까지 별건수사.
못 견뎌 자살하면
그 책임까지 뒤집어씌운다.

'심상'치 않은 수박과 '낙엽'들은
불법 불의한 검언 세력에 굴복하여,
털어 먼지도 안 나는 당대표에 대한
체포동의안 가결하고
아직도
사법리스크 운운으로 무력화하려 한다.

친일 매국, 반민주, 반민족, 이태원 참사, 엑스포 사기,
그들의 망나니 망국화 난장은
계속 된다.

악마가 따로 없다.
이들이 악마가 아니면
어디 악마가 따로 있을 것인가?

3

선하고 의로운 사람들은
항상 깨어서
뱀처럼 슬기롭게
악마의 출현을 막아야 한다.

천재일우로 민주정권 되었을 때
이상주의적 기대 못 미치더라도
절체절명의 각오로
악마가 권세를 빼앗지 못하게
철통같이 민주공화국 지켜야 한다.

다시 짓밟힌 서울의 봄
이제 다시 찾아야 한다.
찬란한 대한민국,
평화로운 공존공영 한겨레의 봄
기어이 탈환해야 한다.

2023.12.11.

잔혹한 추위 몰아내기

– 윤건희 퇴진 특검 69차 대회에서

오싹 소름 돋는
사나운 멧돼지 출몰하듯
매서운 추위 닥쳐오네.

길바닥에서
손발은 꽁꽁 얼고
걷기도 힘들 만큼,
장갑 벗었다 끼기도 어려울 만큼
손가락 발가락 곱네.

귀때기는 떨어질 듯 시리고
거센 바람에
김 서린 마스크 흘러내려
얼굴이 어네.

살인적 추위,
살을 에는 밤이라는 말
실감이 나네.

그 시절
만주벌판 독립군들이 겪었을 만한 혹한.
지금 이 땅의 야만적 칼바람은
그자가 조폭개검짱 된 후 시작되었네.

상관에 대한 반란과 도륙으로부터
의롭고 뛰어난 정적에 대한
잔인무도한 칼춤.

근묵자흑 작전인가!
그 주변 의기 있는 이들
모조리 철퇴를 맞네.

그 칼바람에
차라리 스스로 가신 분들
여럿인데
그 죽음에 대한 책임조차
천명天明에 뒤집어씌우네.

명품 금품 받고
언제든 패거리 불러
밤새워 마시기 위해 차린
용대실 때문에

꽃보다 별보다 빛나는 사람들
159명이 죽었건만
거짓추모 시늉 외
참회의 눈물 한방울 없는 자들만큼
가혹한 냉혈한 있을까.

멧돼지와 백여시 호위무사들은
사냥에 앞장선 토깽이들 잡아먹는데도
주저함이 없네.

자신을 왕 만드느라
양두구육 대신한 이 내몰고
검객들에게 자리 내주기 위해
지옥문 같은 캐비넷
살짝 열어 보이니
혼비백산 무릎을 꿇는구나.

그러나 언제까지나 일소냐!
기실 정점을 향한 맹추위의 기승은
머잖아 스스로
얼음벼랑으로,
한겨울 끝 나락으로 떨어지는 신호.

모진 칼바람
얼음 품은 눈보라 날려도
꺼지지 않는 촛불들의
기나긴 행렬을 보라.

봄은 벌써 예정되어 있는 것.
더럽게 추운 똥장군 내몰듯
망나니 칼춤 멧돼통 백여시거니 몰아내자.

이 땅 이 나라는 우리의 것.
우리의 봄 되찾자.
한 서린 서울의 봄 다시 맞아
따사로운 온누리 봄천지 살자.

2023.12.16.

한류스타 이선균도 죽였다

– 악마 정권의 연쇄적 만행 통탄

본인 부인 장모 가족 측근 범죄는 죄다 덮고
조국네 가족 도륙할 때부터
악마는 정체를 드러냈다.

자신들의 1순위 정적
이재명네 죽이기도 끝없다.
비대위원장 첫날에
"검사를 싫어하면서
검사를 사칭한 자를 당대표로 모시느냐"는 허위사실로
세 치 혀 살인 일삼는다.

용대실 차지해
경찰병력 집중시키고
마약 단속으로 공적 올리고자
사복경찰 깔릴지언정
시민안전 호루라기 경찰
한 명도 없이
159명 압사시키고도
사과도 책임도 특별법도 거부하는
악마족이여!

10·29 일주년 돌아올 때
다시 마약 실적 띄우고 싶었겠지.
백여시가 용대실에 불러들인 김승희의
초교 3학년 딸의 6주 집단폭력 사건도 덮을 겸
이선균, 지드래곤 마약 혐의
1차 2차 3차 공개 소환조사
1차 2차 3차 마약검사
연일 신문 방송에 흘려 도배케 했는데
마약 했다는 흔적 없어라.

이정섭 검사 처남은
상습범이고 현행범으로
오죽했으면 부인이 신고를 했어도
조사 검사는커녕
있는 증거조차 인멸해 주면서

레이다에 걸려든 유명 무검無檢인들에 대해
실적이 없으면 악마정권 체면 구기고
다시 악마족의 개가 된 경찰들
승진도 없을 것이니

급기야 마약 전과 6범 A씨
자신의 죄 면할 요량,
돈 뜯어낼 꽃뱀 작전에서 나온 녹취록을
수꼴 가세연 등에서 떠들어대게 하고,
신종 악마족 박민 등에 장악된 KBS까지
공공연히 전 국민에 유포했다.

그게 죽으라는 것이지
살라는 것인가!
사람이 완벽하지 못하고
기계나 목석이 아닌 바에야
감정의 바람 흔들리고
실수도 할 수 있는 것 아닌가?

우리 소중한 사람 이선균은
그렇게 악마족들이 죽였다.
선행적인 인격살인, 명예살인이 있었다.
그리고 아무도 책임이 없다 한다.

아, 슬프다. 애통하다.
우리에게 국민들에게 세계인들에까지
친근한 개념 있는 '아저씨' 이선균의 죽음.

사람이 아닌
비인간 악마족 퇴치,
악마족 정권 타도만이
사람다운 사람들 살길이다.

2023.12.28.

3부

- 역사적 심판과 역사적 승리는 필연 -

'23, '24 송구영신, 새해 기원

송년 즈음
눈물의 씨앗
온누리 함박눈 내려
차마 이 땅의 참상
하얗게 덮어 주었네.

망나니 칼춤에
줄줄이 이어진 희생과 고통, 통한痛恨
지난해에 다 떠나보내고

새해엔 청룡으로
멧돼지 백여시 능구렁이 퇴치하세.

왜구와 독재에 대한
승리의 역사
노량해전, 청산리전투, 4·19 혁명,
국민·참여·촛불 정부 이어받아

새날 눈부시게 떠오른 2024년
새해는 민심 천심 선거혁명.
다시금 촛불혁명,
한대동의 온누리이어라!

2024.1.1.

아, 천운 천명 이재명!

새해 벽두
김구 선생 암살에 비견되는
이재명 대표 살해 시도.

천운으로 목숨은 건졌지만
총알을 대신한 단칼에
여지없이 목숨을 잃을 수 있었던
아찔한 상황.

경정맥이 아니라 경동맥이었다면
즉사할 수도 있는 칼부림.
괴한은 이재명 대표를
단숨에 죽일 준비
단단히 했었다.

수십 년 일제가 못 죽인 김구 선생을 죽인
안두희가
친일부역 반민족 거대한 세력을 배후로 두고도
한독당에 가입해 위장했듯이

살인미수범은 내내
한나라 새누리 등 당적
국힘 윤석열 극우 지지자면서
몇 달 전
이재명 동정 알기 위해
민주당에 가입했단다.
삼팔선을 베고 쓰러질지언정
민주 평화통일에 앞장섰던 김구 선생은
친일 반공 분단 독재 극우 세력의
공적 되어 암살되었다.

다시금
윤걸희한 검찰 독재정권의
망나니 칼춤에 맞선
새 촛불혁명의 희망 이재명은
그들 독재 극우 기득권 세력의
공적 되어 암살 표적까지 몰렸다.

그에 대한 그동안의
줄기찬 사법살인 시도
인격살인, 명예살인을 보라!

현대판 용팔이 극우 고성능 폭력 스피커 부대가
무시로 질러대는
"이재명 구속, 싹 다 구속!"을 보라.

아, 그가
악마족 자객의 칼에 절명했다면
어찌 되었을 것인가?
이 땅은 한동안 희망마저 사라진
좌절과 절망의 지옥이 되었을 것 아닌가!

적들은 애도하고 애통한 척 표정관리 하며
희희낙락했겠지.
뜻밖에 구사일생하니
"자작극이네, 나무젓가락이네, 민주당이네,
전원轉院은 부산 차별, 헬기는 특혜"
못 잡아먹어 안달 난 악마족이여!

오랜 준비와 연습, 맹훈련으로
백주대낮에
차기 대통령 이재명 대표를
단칼에 죽이려 한 김진성이란 자.
그 직접적 배후는 누구일 것인가?

안두희도 그리 당당하게
김구 선생을 암살하고
정의봉 처형 전까지
떵떵거리며 살았다는 사실 생각하면
김진성 배후도 알만하다.

그의 정치적 종교적 극우적 배후, 동기, 내력
철저한 수사, 최고형 처벌 여부가
그 판단의 관건이다.

아, 이재명 대표의 기사회생은
천운이다.
천명이다.
천운 타고나 천명 받은 이재명은
과연 천재명이다.

2024.1.5.

〈길 위에 김대중〉 감상

– 위대한 가시면류관

무시로 눈물 납니다.
영화를 보는 내내
손수건이 촉촉이 젖고
눈자위가 발개집니다.

하의도 천재 후광이
모진 노력과 독서,
지천명知天命의 탐구와 사고,
하늘에 이르는
이상 지향 현실적 합리적 인식,
행동하는 양심으로

바른 정치, 나라와 민족
민주주의와 정의, 평화 위해
민의원 연속낙선과 고배,
쿠데타에 의한 첫 당선무효 이겨내고
40대의 나이에
대통령이 될 수도 있었건만

불공정 선거부정,
지역감정 조장,
빨갱이 공작 때문에 낙선한 후에도
유신, 종신독재 물리치고자
민주주의, 정의, 평화 투쟁
가열찼어라.
태평양 한가운데 수장될 뻔한 위기에서
기적적으로 생환해서는
가택연금, 구속, 고난의 연속

10·26 후 온누리에 열리기 시작한
서울의 봄 꿈
모락모락 하는 사이
12·12 군부쿠데타,
전두환 대통령 만들기 진행이라니

걸림돌 된 3김 중 김대중은
일찌감치 구속이었습니다.

서울역 10만 민주시민이
계엄군의 탱크에 놀라 해산한 후
전라도 일대, 광주에서
"전두환 물러가라! 김대중 석방하라! 계엄령을 해제하라!"
울려 퍼져
쿠데타 정권 막으려 했건만

그 시민들 무자비하게 학살해놓고
책임을 김대중에 뒤집어씌워 사형선고를 내렸으니
그들이 정녕 악마군단 아니겠는지요?

국내 국제적 구명운동으로 구사일생
미국에 간 김대중 선생은,
분단 상황에서
반공을 위해 민주주의를 희생할 수 있다 여기며
군부독재를 지지하는 미국과 세계의
그릇된 인식을 바꿔 놓았죠.

그리하여 다시 민주주의,
대통령 직선제 쟁취하고
곳곳에서 연설할 때,
16년 만에 광주,
5·18묘지를 찾았을 때 분출한
백만 천만 민중의 절절한 열망이여!

그것은 아무런 사심없는
의로운 나라에 대한
신앙이고 구원의 길 아니었을지요.

"아직도 세상에는 많은 죄와 고난이 있지만
정의와 살기 좋은 세상을 향해 전진하는 것도 사실이다.
우리는 미래에 대한 믿음과 희망 속에서
평화로운 마음으로
모든 악과 고난을 받아들이고 극복해 가야 한다."

김대중 선생은
'유대인의 왕' 가시면류관 쓴 예수를 따라
의연히 자기 십자가의 길 가신 분.

세상 권세의 악과
거기에 휘둘린 우민들로
십자가의 고난을 받았지만
다시 살아 승리하고
역사 속에서 영원히 살아계실 분.

후속으로
대의를 이은 노 대통령을 세웠듯
지금 다시 동토에서
대동세상,
천명天明 대통령 탄생에도 역사하실 분.

2024.1.13.

후회는 아무리 빨라도 늦다

– 병상 일기 또는 소회

▶ 5일째 〈행복과 불행〉

행복도
불행 후 더 애틋하다.

불행이 없으면 좋겠지만
살아가는 동안
불행이 없을 수 없다.

그 불행이 계속되기만 하면
정말 불행할 것이다.

그러나
행복만 계속될 수 없듯
불행도 계속되지 않는다.

불행 뒤에 오는 행복이야말로
참 행복이다.
불행에 깃들어있던 행복이 피어나면
그것이
감동의 눈물 쏟아지는 행복이다.

살얼음 겨울을 넘어오는 봄이
찬란하듯
쓰라린 아픔 이기고
도닥도닥 피어오르는 행복이
참사랑의 복락이다.

▶ 6일째 〈빛과 선악〉

빛은
안 보이던 색깔을 보이게 한다.

무력한 왼손가락의 원인
경색된 세포를 대신하여
뇌기능을 조금이라도 살려 줄
미명 속 무색 수액을
연두색 영양물질로 훤히 보이게 한다.

빛은 어둠 속에서
어둠을 내몬다.

선인에게나 악인에게나
비추는 빛은
무차별하게 비춰주는 것이 아니다.
선을 선으로
악을 악으로 구별한다.

생때같은 사람들 무수히 희생시키고
수많은 선한 사람들 못살게
온누리 망치는 멧돼통 무리는
최악의 귀신들임을 보여준다.

마침내 빛은
어둠 내몰듯 악을 내몬다.

천만 이천만 선한 사람들의 밝은 빛
촛불 횃불, 선거혁명의 불길로
진주를 몰라보는 개와 돼지,
악령들이 좋아하는 돼지떼에 의해 주어진,
진주보다 귀한 사람 짓밟는 악한 권세
끝끝내 몰아낸다.

▶ 8일째 〈김구 선생 살아오시다〉

기적처럼 36년 무사하고도
해방된 나라에서
비명에 가셨던
김구 선생 살아오셨네.

1949년 6월 26일
친일종족 악마족 사주받은
안두희 총에 절명하셨던 김구 선생은
부활하셨네.

몸이 다시 살지 못했지만
그 정신
죽지 않고 살으셨네.

장사 지낼 때 벌써,
그 옛날
예수를 따른 열두 제자와
몇몇 신실한 여인들보다
몇십만 배 많은 민중이
김구 선생의 영혼을 살지 않았던가!

오늘날 김구 선생,
몸으로 다시 살아나셨네.
증손자 김용만!

투철한 애국애족 정신 실현할
용기와 지혜, 경력, 능력 갖추고
청출어람으로 인물도 준수한
동학접주 김창수가 환생했네.

아, 이렇게 부활은 이루어지는 것인가!
김대중, 노무현, 이재명,
크고 작은 의인들로 부활하고
아들과 손자와 증손자로
역사 속에서 영원히 살아오시네.

2024. 1. 18.~1. 22.

※ 병상 일기는 필자가 『다시 촛불혁명』을 위해 고군분투하던 중 급성 뇌경색으로 입원해 있는 동안 말 안 듣는 손가락을 애써 다스려 가며 쓴 것 중 일부입니다.

악의 뿌리

– 악의 편 되는 이들을 말리고자 함

우리나라와 겨레에 악의 뿌리는
어디메 있는가?

일찌이 우리 하늘이 처음 열릴 때
자랑찬 홍익弘益인간 천손족에서
어찌하여 홍해弘害인간 나왔는가?

인의예지신仁義禮智信 유도儒道의 나라에
약육강식 사무라이 검객의 칼바람 불어온 게 아닌가!

한반도 최초의 통일국가 고려 때부터
왜구는 나라의 근심이었다.*

자신들의 이익을 위해서라면
침략과 노략질, 살상 서슴지 않는 해적.
임진왜란 때 왜는 이미 토왜 되었다.
"토왜가 경외京外에 두루 차 있고,
왜병 수만이 나라 안에 포진해 있습니다.**"

문인 황현이 의병장 임병찬에게 보낸 편지에서도
"기치를 세우고 북을 울리기가 바쁘게 토왜의 표적이 되는데 어떻게 앞길에 격문을 보내고 선성을 울릴 수 있으리까?***"

---

* "나라의 근심이 왜구만 한 것이 없다國家所患莫甚於倭"

** 의병장 유인석, '토착왜구' , 나무위키

*** 전게서

이순신 장군이 목숨 걸고
왜적 하나 남김없이 끝까지
섬멸해야 한다 하신 것은
그들로 인한 후환 때문이었으리라.

역시나 그들은
제국주의 군대로 돌아와
척양척왜 외치는 동학혁명군 수십만을
학살했으니
그들이 악마족 아니면 무엇이랴!

더 많은 재산과 자리, 권력 위해
악마족 편 된 토착왜구들이여!
'얼굴은 한국인이나 창자는 왜놈인 도깨비 같은 자,
나라를 좀먹고 백성을 병들게 하는 인종'
'영화를 얻고자 일본과 이런저런 조약을 체결하고 그 틈에서 몰래 사익을 얻는 자'
'일본의 앞잡이 노릇 하는 고위 관료층'
'암암리에 흉계를 숨기고
터무니없는 말로 일본을 위해 선동하는 자'
'(그들을) 지지하는 정치인, 언론인'
'~각 지방에 출몰하며 남의 재산을 빼앗는 자'
'친일단체 회원들'
'그 왜구 짓 원망하면 온갖 거짓말을 날조하여 사람들의 마음에 독을 퍼뜨리는 자'
'토왜들을 지지하고 애국자들을 모함하는 가짜 소식을 퍼뜨리는 시정잡배*'

---

* 1910년 6월 22일자 '대한매일신보', '토왜천지土倭天地,'전게서

우리 악의 뿌리는 이것이 아니겠는가?
이 악의 뿌리가 지금껏 이어져
오늘날 천인공노할 친일 토왜 정권으로
악의 꽃 피우는 것 아니겠는가!

오늘날에도
지금 그 도깨비 같은 자,
나라를 좀먹고 국민들 심신 병들게 하며,
생때같은 사람들 수없이 죽게 하는 인종,

욱일기 자위대 한반도 출몰,
일본과 군사협약 체결하고
핵오염수 환영하며
역사정의, 독도 등 넘겨주고 있는 자,
일본의 앞잡이 노릇 하는 고위 관료층

무슨 흉계가 있는지
대놓고 일본을 고무, 미화하는 자,
거기에 충성하는 정객, 기레기 언론,

양평, 아산, 서산, 당진, 동해, 속초, 송파,
각지에 출몰, 투기하여
부정한 재산 늘리고
국정을 농단하는 남녀, 모녀.

뉴라이트니, 한국자유회의니 하며
반일종족주의 운운으로 일본 비판 국민 폄하하는
친일종족주의 무리들,

그 악행 지적하면 온갖 거짓말을 날조하여 혹세무민하는 이들,
적반하장, 양두구육, 후안무치 토왜특성 지지하고
애국애족 민주인사, 촛불시민 배척하며
고래고래 중상모략하는 데 앞장서는
어리석은 신민, 악마구리들

그들은 지금 잘 먹고 잘 살고,
승승장구하는 것 같지만
그들에겐 벌써 비인간 반민주 반민족
역사적 정의의 심판을 내렸음이여!

죄의 삯은 역사적 사망이며 멸망!
화무십일홍, 권불십년이라
영원한 역사의 지옥불을 벗어나지 못하리니

이제라도 악의 편 서지 말고
나라를 말아먹어도 악한당, 악한 편
더 악하게 밀어주지 않기를!

진정 자신과 가족과 이웃,
나라와 민족의 정의와 평등, 평화, 행복 위하여
선한 길, 의로운 일, 구원의 삶 택하시기를!

2024.2.17.

떨어져야 할 것은 낙엽이 아니라 용와대 요마妖魔

아름다운 잎새 안타깝게 떨어지네.
울긋불긋 어여쁜 낙엽도
가을이면, 바람 불면
애처롭게 떨어지네.

고운 잎 옥토에 떨어져
새 생명의 거름 되는 건 행운이네.

눈부신 책갈피가 될 수도 있었던 낙엽이
아스팔트 돌짝밭 떨어져 짓밟히는 것도 다반사네.

하물며 악랄한 장님 무사,
그 등에 탄 주술사류랴!

2024 가을,
낙엽의 계절
떨어져야 할 것은
꽃 같은 잎새가 아니라
그들, 용와대의 요물요마악령의 칼춤이네.

해악은 삼천리강산
청와대에서 용산,
이태원에서 양평,
서울에서 평양까지
남북한 어디든
사특한 만행 벌어지네.
검권, 대권까지 배경인
큰 손 전주가 무죄?
돈 되는 일이라면,
눈먼 사무라이의 칼춤 먹히는 곳이라면,
사기든 특혜든 비리든 공천개입이든
가리지 않네.

자신들 돈과 권력 위해서라면
부자들 배 불리기, 서민들 배 곯리기
끄떡도 없네.

친일 매국 망국화
역사 말살, 반민족, 전쟁불사,

천하 같은 사람들 수없이 죽고
고속도로가 휘고
민생이 무너지고

검찰, 감사원, 권익위
언론과 교육, 사회 전반에
공정과 상식, 정의가 파괴되네.

무인기며 오물풍선
전방에는 고통스런 대북 대남 방송 소음
파병이다 살상무기다
공멸의 전운 감도네.

대한민국 정부의 수반이기는커녕
민주공화국 국민 자격도 없는
인간이라 할 수도 없는
인면수심, 비인간, 악마족.

지금은 낙엽의 계절.
떨어져야 할 것은 낙엽이 아니라
그들 멧돼지떼 맷돼통.
악령의 주술 불여우,
천호, 구미호와 그 종 무리.

민수民水가 띄운 배
뒤집듯載舟覆舟
7, 80% 거센 촛불민심 바람이
용와대 위 요괴 요마 가족
땅바닥에 패대기치리.

범죄의 여왕 위해 자신이 돌을 맞겠다니
종내 돌풍이 불어치리.
돌개바람에 돌바닥 뒹굴다
그 아래 무저갱에서
영영 헤어나지 못하리.

2024.10.26.

사필귀정, 촛불승리의 예감

– 이재명 대표 위증교사 무죄판결을 보고

아, 얼마나 맘졸이며 기원했던가!
간밤 잠자리가
걱정의 이불로 덮였네.
자다 깨다 한숨 쉬고
두 손 모았네.

지난번
'영혼 없는 기술지식인' 한 판사가
1년 징역형 때렸을 때
불안이 엄습했네.

'망나니 윤건희 정권의 계엄령은
개검 개판의 사법살인으로 시작하는 것인가?
촛불민중이 그에 반발하여 들고 일어나면
진짜 계엄으로 진압하려는 게 아닌가?'

그러면 어떻게 하나?
해병대라도 그 계엄 막을 수 없고
민중이 몸 바쳐 싸우기도 어려운데

명태균 말처럼
진실이 드러나면 한달 내 탄핵될
검찰독재정권이라
이판사판

정의와 가치 지향 없는
무속, 명리학자연 하는 이들,
그들과 각별한 거니요마妖魔의
사악한 예지력, 악령의 주술 따라
최종 필살기,
개검 개판 합동 사법살인 작전 돌입한 상황,
법정구속이라도 해 버리면 어떻게 하나

최악의 경우라도
무조건 싸워야 한다.
수십년 전
"김대중 석방하라!"고 싸웠듯
오십만 백만 모여 싸워야 한다.
싸워서 김대중 대통령 만들었듯
이재명 대통령 시대 열어야 한다.
각오 다지고 다짐하며 서초동을 향했네.

속보 보고 들으며 맘졸이던 중 전해진
'무죄' 소식!
서초벌은 한순간
환호와 축제판 되었네.
모르는 사람끼리도 손잡고
하이파이브하고
눈물까지 흘렸네.
신나는 승리의 노래와 춤
대로를 흔들었네.
공명정대하고 용기 있는 '김동현' 판사에도
찬사를 보냈네.

비로소
법원 검찰청 풍광도 눈에 들었네.
단심丹心 같은 붉은 단풍
낙엽 되어 다 지지 않고
희망처럼 성성이 서 있네.

이제 다시 촛불승리의 봉화가 올랐네.
아직도 무고한 재판 줄줄이 남았지만
다시는 허위사실유포 혐의 같은
무법한 유죄 판결 없으리.
법정구속 걱정 따위
더 이상 없으리.

바이든, 젤린스키, 일 총리에 달라붙어
반러, 반중, 반북, 반김정은 하던 공정권
트럼프의 당선으로 설 자리 없고,
최악의 외교 실패,
매국매족 매역賣歷의 사도광산에 갇혀
헤어나지 못하리.

뛰어난 무속 사기꾼류
장모, 거니와 죽이 잘 맞는 명태와 더불어
불법 여론조작,
불법 대선캠프,
불법 공천개입,
불법 금품 수수에
당대표, 시장, 지사, 국회의원,
하다못해 전 비대위원장, 고문, 후원자,
무엇보다 윤석열, 후보에서 대통령까지
연루되거나 부정당선 된 것이네.

본·부·장·측 비리에
이·채·양·명·주 문제 시퍼런데
선거법, 정당법, 정치자금법 위반,
진짜 허위사실 유포,
어느 하나 성한 이 없이
자중지란, 내부분란
새록새록 활화산이라.

귀갓길에 사과 좀 사느라 만난
김건희를 술집 대통령 마누라로만 아는 노점상 할머니,
“장사가 전혀 안돼야. 다들 못 살겠다 난리고,
2번 찍은 사람들 다 후회한데여” 말하네.
폭설 맞은 듯 얼어붙어 버린 민생으로도
망나니 망국화 개검정권은
무너져 내리고

이재명, 민주당, 촛불민주진영은
산처럼 융기하리.
사필귀정, 인과응보,
다시 촛불혁명 승리하리.

2024.11.25.

상서로운 달 상현달

– 선거혁명의 빛

탄핵총선 선거혁명
촛불 밝히고
귀가하는 길 하늘에
빛나는 상현달 떴네.

2017년 초 어느 날에도
저녁 하늘에 홀연히 떠서
광화문 광장의 촛불과 조응하며
탄핵승리의 서광을 비추던 달.

달이야 달마다
여러 모양으로 하늘에 뜨는 거지만
혁명처럼 엄중한 역사적 고비에
불현듯 눈에 띄어
영혼을 사로잡는 상현달은
상서로운 국운의 징표가 아닐까?

3년씩이나,
5년씩이나 계속될 듯했던
거악의 강철 부러지고
흔들리면서도 다시 타오르는
촛불이 승리하는 날,

의로운 고래심줄들이
세상의 중심 되는 날,
바로 그 열망.
완연히 구름 제치고 나온
휘영청 상현달빛이 밝혀 준다.

2024.3.16.

2024 추석 대보름달 기원

– 가을, 새 나라를 꿈꾸며

사랑과 평화, 의의 나라
하늘의 문 보름달
무참히 뒤덮는 친일종족주의

매국과 망국화
공걸희한 먹구름
단말마적 폭정 폭염 몰아내고

이제는,
역사와 전통에 빛나는 민주공화국 대한민국에
휘영청 밝은 달 한가위만 같아라.

압축으로 묻힐 수 없는
본·부·장 비리
이·채·양·명·주 사건에
핵오염수, 독도 넘기기, 의료대란,
열거조차 할 수 없는
내란 외환 간첩 반국가 행위들

더도 말고 덜도 말고
이 모든 망조의 주범
'동물농장' 무리 20%로 유지되는
'돼지'왕 탄핵의 신호탄이어라.

사람 사는 세상
민주 민족 정의 행복
이제야말로 다시금 나라다운 나라
대동의 한가위
복되고 풍성한 삶을 향한 여정
그 위대한 대장정의 시작이어라.

2024.9.15.

퇴진과 새날은 이렇게 오는 것인가!

– 자폭적 비상계엄 퇴치와 다시 촛불혁명

아닌 밤중에 홍두깨라더니
거제도 촛불전사 배윤기 동지로부터 받은 전화.
비상계엄이라니!
포고령이라니!
한밤중에 봉창 두드려 부수는 괴담화라니!

주권자 국민들에 의해 구성된 국회가
김건희 특검, 상설특검법 등 추진하는 게
위헌이란 말인가?
조작수사, 콜검 봐주기 수사, 감사 탄핵하는 게
국가기관 교란시키는 것인가?
거금용돈, 뇌물, 비리의 온상으로 전락한
근거하나 못 밝히는 특활비, 예비비 등 삭감이
내란을 획책하는 것인가?

전시, 사변 또는 국가비상사태, 적과의 교전, 극도의 사회 교란 시 가능한 비상계엄 선포,
말이나 되는가?

정상이 아니고
사람의 것이라 할 수 없으니
미친 악마족의 망동 외 무엇이란 말인가?
'국회가 범죄자의 소굴'된 것이 아니라
본인 부인 장모 측근 용대실과
원내대표의 20개20억 수수설 근거까지 나온
구킴당이 그 소굴 아닌가?

종북 반국가세력 공작,
반 민주공화국 반대한민국 세력은
윤통 그 자신.
자유민주체제 전복 획책 세력도
내란, 친위쿠데타 시도한
바로 그 자신 아닌가?

명태균, 강혜경 등 폭로로
'한 달 내 탄핵', 특검 받을 지경이라
최후적 방탄 특권행사로
불소추권 범주 넘어
자폭적 소추와 탄핵의 길 선택한 게 아닌가?

'모든 정당활동,
정치적 결사, 집회, 시위 금지
모든 언론과 출판의 자유 통제
전공의 등 모든 의료인 본업 미복귀 시 처단!
포고령 위반자는 영장 없이 체포, 구금, 압수수색, 처단!'
무시무시한 포고령에
겁부터 덜컥, 걱정의 파도 철렁철렁.
선량한 시민들 위축되어
탄핵의 백만 촛불
물 건너가면 어떡하나
가방 뒷면에 붙인
"건희정권 박살내자" 자보나
가방 속 촛불집회, 민주진영 관련 자료로도
연행되어 취도곤取盜棍당하면 어떡하나

옷차림, 신발 채비하고
비상식량까지 챙겨
오밤중 4만원 넘는 택시를 탄다.

국회의 계엄 해제 의결만이 살길이다.
계엄군의 봉쇄를 막아야 한다!
이재명 대표 앞장서 가며
국회로 모여 달라 호소하고
의장까지
담 넘어, 검거를 피해 본당에 드니
천만다행.
비몽사몽 했던 시민들 밀물처럼 밀려들고
의로운 보좌관들과,
일찍이 모여든 수천 국민들과 함께
의원님들 국회 들여보내기
계엄군, 경찰 횡포 못 부리게
소리치고 응원하고
즉석 시민 발언에도 참여한다.

손발은 얼음장
졸려서 휘청거리면서도
기적처럼
어마무시한 계엄 해제
새벽과 함께 맞이한다.

잡힐 듯 잡힐 듯 미끄러지던 탄핵안이
윤통 제 발에 몰리어 발의되고
실패한 친위쿠데타에 내란죄
현행범 체포, 검경수사, 구속이
눈앞에 아른아른

사필귀정은 이렇게
소금땀 흘리는 폭염,
살갗 에는 추위 몇 해 보내고
오는가 보다.
아직도 그 무도한 철면피에
채이고 넘어지는 일 남았을지라도
마침내 오리라 퇴진의 봄날.
끝끝내 맞이하리
민주 정의 평등 평화
촛불혁명, 대동세상!

2024.12.4.

탄핵! 진정 사필귀정 새 시대의 시작

– 응원봉 빛 촛불혁명시대를 꿈꾸며

1

체포와 사살,

북파공작원HID 예비역OB 사주,

북 소행으로 조작하여

실제 계엄 요건

전시, 사변, 극심한 혼란 야기하고자 한 듯

다섯 살짜리가 쥔 권총 같은 통치권 내세운

내란폭동 음모 실패하자

'겁만 주려했다', '두 시간짜리 내란이 어디 있나?',

'통치행위를 내란이라 하는 자들이 내란세력이다' 큰소리치는 사탄.

그 광마狂魔를 탄핵가결 한 날.

왕 노릇 하는 개* 업무정지 시키고

마귀 된 광왕狂王 날개 꺾었네.

---

* 광(狂)자는 개견(犬), 변에 왕(王)

형형색색 LED 촛불, 응원봉 빛
'나의 가장 소중한 빛' 든
천족天族 천손天孫 민주시민 몇백만이
다시 만난 세계, 다시 만난 민주주의,
다시 촛불혁명 시대를 열었네.
여의도에 몇백만,
광주, 부산, 대구,
집에서 가게에서 회사에서
전국에서 해외에서 몇천만

환호성을 지르며 껴안고
눈물까지 흘리고
생판 모르는 사람들끼리도
만면에 웃음 짓고 손잡고 춤추네.

세계적으로 보도된 가수 백자의 창의적 캐럴송
"윤석열♪ 탄핵하면 "메리크리스마스!"가
"윤석열♪ 파면하면 "메리크리스마스!"로 바뀌는 순간이네.

공범세력의 범죄적 하소연
"탄핵 트라우마"
"이재명 대통령 되면 안 되니 찬성 투표 절대 반대" 개거품 무는
전두환 사위, 아베나 나베 같은
이기적 기득권세력 악마족들은
절대 이해할 수 없는 환희.

2
돌이켜보면
윤석열의 도발적 박근혜 수사도
정의감 아닌
후일 권력 위한 수작이었네.

무엇보다 검찰개혁 조국 법무장관 사냥
부인과 딸, 아들까지의 도륙
그것이 검찰 쿠데타의 시작이었네.

친일 친박 종미 반민주 반민족 수구 기득권 세력이
자신들 정권 창출, 부와 권력 위해 그에 결합하고
낙엽, 심상당, 이념·이상주의 세력 분열로도 24만 표차니
이제라도 선관위의 선거부정 의혹, 계엄군으로 족쳐보렸다.

취임도 전 대통령실로 국방부 점령
본인 부인 장모 범죄
고발사주 한동훈 등 측근 범죄
이·채·양·명·주 범죄에
일 핵폐수 방류 동조, 이완용보다 더한 친일매국, 역사왜곡,
반노동, 반여성, 반농민, 반소수자차별금지, 반민생,

일일신 우일신으로 쏟아지는 망국적 망나니 행각
어느 하나로도 특검 요구, 퇴진운동, 탄핵투쟁
촛불행동으로부터 서울의 소리,
민주당, 조국혁신당, 소나무당,
퇴진운동본부, 비상시국회의,
제각각 촛불 들고 행진하고 함성 드높았으되
백만 이백만 한 덩어리로 윤건희정권 타도하지 못할 때

차마 민주공화국 대한민국 파괴하는 비상계엄,
자신들 지지하는 좀비 국민들 외
온 국민 자유 민주 박탈하는 내란,
군검독재, 친위쿠데타, 김건희 통일대통령 망상 기도하다니

이제 더 참을 수 없다, 무관심할 수 없다,
재고 망설이고 뒤돌아보고 있을 수 없다,
국회로 여의도로 달려 나왔네.
줄기차게 깨어있는 40, 50, 60, 70, 80대 촛불에
여의봉 같은 응원봉 빛나는 10대 20대 30대
K팝과 춤, 감동적 발언, 인정 넘치는 나눔으로
대한민국은 이제 다시 민주공화국이네.

무고하게 수사받고 압수되고 구속, 재판받거나
체포, 구금, 사살, 처단될 뻔한
자유와 민주, 정의, 평등, 평화 해방을 얻고
함께 잘 사는 대동세상,
이제 다시 촛불혁명,
찬란한 빛혁명이리라!

2024.12.14.

역사적 심판과 역사적 승리는 필연

– 대동단결 대동투쟁 대동승리!

아, 이렇게 악랄한 수꼴.
비유가 아닌
과장이 아닌
말 그대로 미친 악마 대장이
자신의 왕국 위해
내란을 하고
반란을 하고
외환까지 획책했다.

영민하고 용감한 민주시민
의원시민, 직원시민, 촛불시민,
부당명령 따르지 않은
군,경 국민 아니었으면
'끄집어내'져
잡혀가고
끌려가고
사살되고
수거되고
OB, HID,블랙요원들로
종북되고
전쟁이 될 수도 있지 않았던가!

악마적 음모론 따라
선관위원들
케이블타이에 묶여
야구방망이 맞고
손가락 잘리고
부정선거 집단 될 뻔 하지 않았던가!

제정신 아닌 마왕魔王과 요마왕妖魔王이
자신들 산같은 범죄를 덮고
자유민주를 양두羊頭로 걸고
최악의 구육狗肉, 독재전체주의국가를
만들었을 것 아닌가!

그 잔악하고 요망한 권력에 빌붙어
호가호위 한자리 높은 자리
더러운 떼돈 버는 자리
유지하고 차지하고자
충성하고 아부하는 자들
얼마나 많았을 것인가!

실패했어도,
탄핵되어 직무정지되고,
검찰, 경찰, 공수처에 의해
반국민, 반민주, 반국가
내란 외환 수괴 범죄 음모 드러나
소환, 체포영장, 체포,
헌재 파면 향해 가는데도

탄핵 반대, 체포 저지,
불법 영장, 헌재 비판,
STOP Steal!, 이재명 구속 외치며
온갖 궤변 늘어놓고
윤석열, 국힘당지지 40여% 조작여론
확대재생산하는 악마구리떼,

국회의원 아닌 '국회의범죄요원',
반공청년단, 백골단 나선
MZ수꼴들까지...

아,기본적 민주공화국,
대한민국 헌법과 법률대로의
민주 정의 평등 평화체제 실현
촛불혁명,빛의 혁명은
얼마나 어려운가!

매국 친일 극우 종미 수십년
수구기득권력 집단의
비인간 반민주 반민족 반국가적 광기의 힘
저리도 막심한 것을.

이제는
우중愚衆 영합주의만 아니라
일부 종파적 이념주의, 분파적 이상주의
분열적 편향적 ○○니즘 등 뒤섞인
민주 진보 진영이
대중적 민중,
참 이념과 이상, 보편적 휴머니즘·페미니즘
거듭나듯 깨우칠 때

24만표차 윤건희 악마정권 등장과 전횡에 대한 책임감,
좀비,군대귀신같은 적들의 힘 절감한다면
대동단결 대동투쟁!

그때 비로소
저들 무저갱에 이르는 죄악 만큼
지옥같은 역사적 심판은 필연이 되리.

그때 비로소
우리의 빛나는 하늘나라같은
역사적 승리는 필연이 되리.

바로 그때
민주 정의 평등 평화
촛불혁명, 빛의 혁명은
찬란한 봄천지로 만건곤하리.

2025.1.11. / 1.16.

윤석열 탄핵 운동 참여

왼쪽 위부터 시계방향 12.14., 탄핵 가결 후 국회 앞 집회, 12.3.~4., 밤중과 새벽 국회 정문 앞, 향린교회 연합 행진, 전국 민주화운동동지회, 촛불혁명완 성연대, 탄핵 가결 후 단일대오 동지들과

해설, 추천사

통찰적 해설과 추천사

조형식(시인, 한국문인협회광명지부 회장, 촛불혁명완성연대 공동대표)

촛불혁명완성연대 활동을 함께하고 있는 필자는 정영훈 시인의 이번 시사시집을 탐독하면서 새삼 시적으로도 의기투합을 느꼈다. 필자의 아래 역사적 통찰과 해설은 정영훈 시인의 시를 전체적으로 살펴보면서 자연스럽게 우러난 감상의 소산이다.

영화 〈명량〉에서 이순신 장군에게 잡혀온 왜군 병사가 "이 전쟁의 명분이 무엇입니까?" 하고 묻자 "이 전쟁은 의義와 불의와의 싸움이다"라고 이순신 장군이 일갈하였다. '조선이 질 게 뻔한데 왜 전쟁을 하느냐'는 투의 비아냥 섞인 왜군 병사의 우문愚問에 '평화롭게 사는 남의 나라를 침략하는 불의를 물리치는 전쟁義은 반드시 승리하리라'는 현답賢答이었다.

백 년 전, 동양의 이단아로 서구의 야만스런 제국주의 침략 문명으로 무장한 일제가 일본열도의 수십 배나 되는 미국을 겁도 없이 침공하면서 한반도를 병참기지로 수탈할 때 조선의 독립운동가들은 어찌하여 바위에 계란 던지는 식의 험난한 독립운동을 멈추지 않았는가? 그것은 수천 년 문화전수의 은혜를 침략으로 덮으려는 일제의 불의를 물리쳐야 하는 민족적 의義의 당연한 발현이었다. 불의의 족속은 악독하고 질기기도 하지만 결국 핵맛을 보고서야 두 손 번쩍 들고 섬나라 근성으로 돌아갔다.

일제가 한반도에서 36년을 통치하면서 길러낸 친일파와 패전 후 일본으로 돌아가지 않고 한국에 눌러앉은 잔존 일본인들이 혼란한 해방정국에서 제대로 된 징벌이나 재산몰수를 당하지 않고 오늘날까지 호의호식하며 개탄스럽게도 윤석열 친일극우 정권을 출현시켰다.

그렇다. 윤석열 막장정권은 이미 해방정국에서 죽지 않고 살아난 친일파 속에서 70년 넘는 세월 동안 자라나고 있었다. 그것이 가능하게 밑판을 깔아줬던 인물이 다름 아닌 이승만 초대 대통령이라는 것은 참으로 부끄럽고 괴로운 일이다. 그 민족반역 친일 무리는 자유당에 숨어들어 친미파로 신분을 세탁하고 독립운동가들을 좌파로 몰아 기를 꺾으며 자기들의 권력을 철옹성으로 만들었다.

강자에 기생하는 친일파는 박정희 군사독재에 재빨리 편승하여 산업화의 기수로 변신하였고 전두환 쿠데타에 투항하여 권세를 누리며 오늘날까지 할아버지 아버지 아들에 이르는 3대를 잇는 보수당의 실세로 군림하며 암약하고 있다.

박정희 전두환 시절에는 군사독재가 무서워 조용히 기생하며 실속만 차리니까 그런대로 보수당이 민족적인 외피를 입고 있었다. 그런데 독재가 물러나고 민주화되니 이명박 정권부터 친일파가 뉴라이트라는 이름으로 전면에 나서서 부끄러움도 없이 독립운동을 색깔론으로 공격하고 노골적인 친일행각을 일삼는 패륜 집단임을 자인하였다.

자유당으로 시작해서 오늘의 '국민의힘'까지 이어지는 자칭 보수당이라는 정체성은 이처럼 반민족적인 친일파에 뿌리를 두고 있다. 그럼에도 자기들이 나라의 근간을 지키는 보수당인 양, 산업화의 기수인 양 거들먹거리며 보수언론을 통해 수십 년 국민을 현혹하여, 특히 나이가 많을수록 친일파에 뿌리를 둔 보수당의 정체를 모르고 '묻지마지지'를 하는 한심한 지경에 이르렀다.

대한민국에는 두 국민이 있는 것처럼 극심한 분열양상을 보이고 있다. 친일파가 장악한 보수당을 무조건 지지하는 청맹과니 집단과 그에 반발하며 양심과 이성이 판단하는 합리적 생각으로 연대하는 민주진보 시민의 두 국민으로 분열되어 같은 한국말과 한글을 쓰면서도 도무지 대화가 되지 않고 소통이 되지 않는다. 이것은 국가적 비극이다. 친일파 청산은 민족적 국가적 당위임에도 나라의 기득권을 장악한 세력이 친일파이니 도대체 고양이 목에 방울을 달아야 하는 난제임에는 틀림없다.

말이 보수당이지 친일부패 기득권이 암약하는 수구집단은 사실 북한이 있어야 좌파타령을 이어가며 자기들 마음에 들지 않는 진영을 좌파, 반국가세력으로 매도할 수 있기에 역설적으로 북한과 적대적 공생을 하는 반통일세력이다. 민주진보 정권에서 북한과 평화공존을 위한 협상과 교류에 심혈을 기울이는 것은 더는 한반도에서 전쟁은 안 된다는 민족적 당위성과 궁극에는 한반도의 평화통일을 기반으로 동북아의 중심국가로 비상해야 하는 한민족의 비전vision이 있기 때문이다. 그럼에도 수구세력은 이러한 민족적 염원을 외면하면서 북한과의 적대적 공생으로 자기들의 알량한 존속만을 도모하는 반민족세력이라고 해야 할 것이다.

사실 해방정국에서 북한은 독립군 중심으로 정권이 세워지며 친일파 청산을 이루었는데, 남한은 미국에서 돌아온 이승만이 친일파를 업고 정부를 수립하면서 민족 정통성에서 북한에게 밀리는 형국이 되었다. 북한이 지주들의 땅을 몰수함에 따라 남한으로 내려온 지주들 속에 친일파가 많았던 것도 사실이고 이들의 젊은 자식들이 극렬 반공친미 서북청년단을 만들어서 제주 4·3 비극을 초래했다. 독립군과 친일파는 상종할 수 없는 진영으로 지금껏 남한의 친일수구 집단은 이런 부끄러운 역사적 행태를 청산하지 못하고 지금껏 좌파타령으로 한민족과 한반도를 불행하게 한다.

그러나 도도히 흐르는 역사의 강물을 누가 어찌 거스를 것인가. 백 년의 세월 동안 혁명에 혁명을 이어오며 민족 민주의 정신은 백두대간처럼 일어서고 있다. 동학혁명의 횃불에서 3·1혁명, 독립투쟁, 4·3항쟁, 4·19혁명, 부마항쟁, 5·18민주항쟁, 6월 항쟁, 촛불혁명으로 이어지고, 드디어 2024년 겨울, 시대의 변화에 맞춰 진화한 찬란히 반짝이는 젊은 세대의 응원봉 물결은 세계에 한국의 민주화운동을 마음껏 자랑하고 있다. 드디어 'K-민주주의'라는 브랜드를 창출해 낸 것이다.

철옹성 같았던 윤석열은 이제 우스꽝스러운 깡통 신세로 전락하였다.

청순하고 발랄한 21세기 새로운 세대에게 계엄군 총부리라니, 이제는 그런 야만이 통하지 않는 탄탄한 민주주의 국가, 대한민국이 된 것이다.

대한민국의 오늘이 있기까지 백 년을 이어오며 멸사봉공의 정신을 불태운 선열과 선배들의 헌신이 있었다. 독립운동가들의 펍절한 간난고초를 잊으면 안 된다. 민주열사들의 목숨을 바친 투쟁을 언제나 기억해야 한다. 지금도 민주 정의 평등 평화의 나라를 위해 방방곡곡을 누비는 행동하는 양심들이 있어 대한민국은 밝고 웅혼하다.

이러한 지금까지의 대한민국 백 년 역사와 앞으로 향해가야 할 희망찬 미래를, 정영훈 시인이 평생을 다진 민족 민주의 정신으로 거리에서 촛불집회 현장에서 체득하고 성찰한 수십 편의 장편 서사시로 우리에게 밝히 보여주고 있다.

(중략)
손발은 얼음장
졸려서 휘청거리면서도
기적처럼
어마무시한 계엄해제
새벽과 함께 맞이한다.

잡힐 듯 잡힐 듯 미끄러지던 탄핵안이
자살골처럼 윤통 제 발에 몰리어 발의되고
실패한 친위쿠데타에 내란죄

현행범 체포, 검경수사, 구속이
눈앞에 아른아른

사필귀정은 이렇게
소금땀 흘리는 폭염,
살갗 에는 추위 몇 해 보내고
오는가 보다.

아직도 그 무도한 철면피에
채이고 넘어지는 일 남았을지라도
마침내 오리라 퇴진의 봄날.
끝끝내 맞이하리

민주 정의 평등 평화
촛불혁명, 대동세상!

2024.12.4

수괭이들의 무당 푸닥거리가 촛불시민의 열정과 기도를 이길 수 없다. 고등학교 3학년 때 5·18 목포시위에 나선 정영훈 시인은 지금까지 민주 정의 평등 평화의 대한민국과 한반도를 위해 쉬지 않고 달려왔다, 윤석열이 검찰총장이 된 후부터, 윤 정권 30여 개월 동안 거리에서, 촛불현장에서 친일극우세력의 반국가적인 악행을 90여 편의 장편 서사시를 통해 통렬하게, 준엄하게 꾸짖고 있다.

오매불망 외치는 민주 정의 평등 평화의 시구를 따라서 읽다 보면 나도 모르게 그런 촛불의 정신이 온몸에 충일하게 차오르는 것을 느낀다. 무적함대 같았던 검찰독재가 마침내 한순간에 무너지는 것도 정영훈 시인 같은 의인들이 한반도의 곳곳에 의연하게 터 잡고 있는 덕분이리라.

바쁘고 힘든 중에도 윤 총장, 윤 정권 50여 개월 악행에 대한 질타와 범시민적 깨우침을 듬직한 한 권의 시사시집으로 엮어낸 정영훈 시인에게 찬사와 깊은 감사의 마음을 전한다.

이 시집은 그대로 윤건희 50여 개월의 검찰독재 실록이며 역사이다. 2024년 12월 14일 국회 탄핵가결을 이끌어내 승리의 기선을 잡은 촛불시민들이 이 서사시집을 읽을 때쯤에는 완연한 승리의 기쁨과 보람, 평안에 잠길 수 있기를 기대한다.

정영훈 시인에게 보내는 편지

김창규 (시인, 목사)

시인은 혼자 살지 않는다. 일찍 뜨는 별이 있지만 여럿이 빛나기 위해 사이좋게 자리를 잡는다. 오늘 나는 시인의 시를 읽으며 그가 불의에 저항했던 역사적 삶을 읽는다. 산을 보면 산이지만 거기에는 나무들과 온갖 동식물이 모여 산다. 산을 올라 멀리 바라보면 도시는 산 뒤에 산 아래 있고 사람들이 모여 산다. 시인은 삶의 길에서 불행 당한 이웃들에게 용기를 주고 힘을 실어 준다. 그가 남기고자 하는 말 속에 시의 진정성을 읽는다. 정영훈 시인은 아무리 어렵고 힘들다 해도 이웃을 사랑하며 민주주의 길에서 민중의 소리를 듣는다. 변하지 않는 물의 순수성처럼 시인의 거대한 물줄기를 통해 강을 이루고 민중의 바다로 흘러간다. 부디 시인으로 살면서 어울려 사는 대동의 세상을 펼쳐나가기를 기도한다.

그의 신념은 대단하다.
내가 좋아하는 시인은 광장에서 살아 있는 선지자의 외침이다. 부디 시인께서 꿈꾸는 세상, 아름다운 삼천리 금수강산에 키 낮고 작은 꽃들이 한라산, 백두산까지 화려하게 피어나기를 바란다. 저항하며 쓰는 현실참여시가 저 하늘에 별처럼 찬란하게 혁명을 노래하고 있구나. 여럿이 더불어 사는 시인의 나라에 평화가 함께 하길 빈다. 부드러우면서 강한 시인의 눈동자에 별이 빛나는구나. 바닷가 밀려오는 파도처럼 별들이 쏟아져 내려오고 있는 밤에 시를 쓰고 있구나.

정영훈 시인 시집 추천사

박금란 (민족작가연합 공동대표)

시는 먹을 수 있는 따뜻한 밥 한 숟가락이 되어 양식이 되어야 한다.
정영훈 시인의 시를 읽어보고 드는 생각이다.

모든 인간은 정치와 무관하지 않다. 정치가 밥상이 되고 옷이 되고 방이 되고 버스비가 된다.
그런데 문학을 정치와 분리시키려는 위험한 관점도 있다.
이러한 관점 뒤에는 대중을 정치적으로 무력화하려는 음모가 있지 않겠는가.
대중이 정치적으로 각성되면 부당한 정치적 지배를 거부한다.

외세에 의탁해 개인의 부와 권력을 챙기려는 정치집단이 판을 치는 나라에서 정영훈 시인은 줄곧 정치시, 시사시를 쓰면서 정치적 각성을 일깨우는 촛불시인으로 우리에게 각인되었다.
그는 항상 촛불광장에 있었고 촛불시를 쓰면서 우리를 불러들였다.
80년 광주항쟁 후 대한민국 문학은 활발히 꽃피었다.
비시, 반시라고도 불렸던 정치시가 봇물 터지 듯 흘러나왔고 민중의 목을 축여주는 생명의 물이 되기도 했다.
문학이 민중의 아픈 곳에 머물며 힘을 주고 용기를 주어 군부독재에 저항하는 힘을 만들었고 87년 6월 항쟁으로 분출하였다.

문학인들이 정치시를 별로 쓰지 않는 지금의 세태에서도 정영훈 시인은 촛불

광장의 실천과 더불어 꾸준히 시사시를 써서 발표했다.
우리가 본받아야 할 얼마나 모범적인 시인인가!

'인간교육론'이라는 시는 교사였던 정영훈 시인이 얼마나 참된 교육자였는지를 알 수 있는 감동을 주는 시였다. 모든 교육자들이 이와 같았다면 대한민국이 이다지 무너지지는 않았으리라.

정영훈 시인의 시는 시를 잘 썼다, 못 썼다는 고정관념으로 볼 시가 아니다. 대중에게 필요한 시, 시대를 불러내는 시로 역할과 임무를 다한다고 본다.
정영훈 시인의 시집출간을 계기로 좀 더 많은 정치시, 시사시가 우리사회에 봇물처럼 흘러나오기를 고대해 본다.

정영훈 시인의 시사시집의 의미 깊은 탄생을 온몸으로 뜨겁게 축하드리며
촛불혁명 완성의 날을 맞이하기 위해 결기를 모아 투쟁해 나가자.